KB269776

美를 위한 여자들의 음모 美를 위한 여자들의 반란

911 Beauty Secrets

English Edition Copyright ⓒ 1997 by Diane Irons
911 Beauty Secrets Published by Sourcebooks, Inc.
Korean Translation Copyright ⓒ 2000 by Big Tree Publishing Co.

이 책의 한국어판 저작권은 베스트 에이전시를 통한
ⓒSourcebooks, Inc.와의 독점 계약으로
한국어 판권을 큰나무 출판사가 소유합니다.
저작권법에 의하여 한국 내에서 보호를 받는 저작물이므로
무단전재와 무단복제를 금합니다.

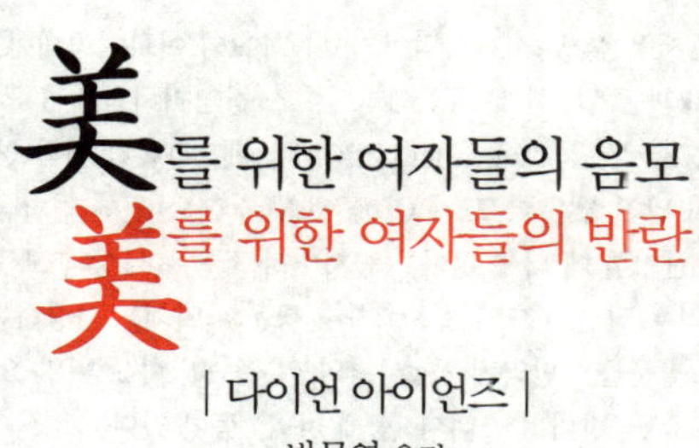

美를 위한 여자들의 음모
美를 위한 여자들의 반란

| 다이언 아이언즈 |

박무영 옮김

큰나무

박무영

1974년 서울 출생. 서울창덕여자고등학교와 이화여자대학교
불어불문학과 졸업. 현재 (주) 파라다이스 경영기획팀에서 근무중.
1996년 New York Columbia University에서 1년간 어학 연수.
번역서로는 〈행복이 남긴 짧은 메모들〉〈You & Me〉〈동물원엔 엄마곰이 너무 많아〉
〈바다 밑엔 신기한 게 너무 많아〉〈꽁지머리 소동〉〈세상의 모든 변명〉
〈행복하기로 마음먹은 당신께 드리는 2002가지 행운의 열쇠〉〈사랑하는 이들을 위한
365가지 질문들〉〈만약에 2〉〈사랑의 찜〉〈우리 학교 비밀 요원〉
〈금발머리 소녀와 곰 세 마리〉 등이 있다.

美를 위한 여자들의 음모 美를 위한 여자들의 반란

초판 인쇄 | 2002년 5월 15일
초판 발행 | 2002년 5월 20일

지은이 | 다이언 아이언즈
옮긴이 | 박무영

펴낸이 | 한익수
펴낸곳 | 도서출판 큰나무

편집 | 심은정, 유연화, 성효영
관리 | 조은정
마케팅 | 한성호, 남호근

등록 | 1993년 11월 30일(제5-396호)
주소 | 120-837 서울시 서대문구 충정로 3가 3-95 2층
전화 | (02) 365-1845~6
팩스 | (02) 365-1847

이메일 | btreepub@chollian.net
홈페이지 | www.bigtreepub.co.kr

값 8,500 원
ISBN 89-7891-134-X   03840

　미(美)를 위해 힘써 온 지난 35년 동안, 나는 모든 여성들에게 일어날 수 있는 다양한 종류의 위급한 상황들을 수없이 많이 보아 왔다. 나는 이러한 문제들이 발생할 때마다 긴급 해결사로 나섰고, 그때마다 가장 문제가 되었던 것은 '시간'이었다.

　"다이언 씨, 영화배우가 화면에 좀 날씬하게 잡혔으면 좋겠는데 남은 시간이 20분밖에 없으니 이를 어쩌죠?" 이 정도는 차라리 쉬운 일이다. "이봐, 다이언. 이번 출연자가 성형수술을 안 받은 사람이라서 말이야. 빨리 손 좀 써서 몇 년만 젊어 보이게 만들어 줄 순 없을까?" "좋아요, 그렇다면 정확히 몇 년쯤 젊어 보이면 되겠는지 얘기 해 보시죠. 그럼 나도 시간이 얼마나 걸리는 지를 말씀드릴 테니까요."

　사실 이런 식의 긴급한 부탁은 화려한 패션쇼의 무대 뒤편이나 영화 세트장, TV 드라마 등에서 흔히 접한다. 그렇지만 무엇보다 중요한 문제는 이런 위급(?)한 상황들이 우리들의 평범한 일상 속에서도 끊임없이 일어나고 있다는 사실이다.

> "도움이 필요해요! 일주일 후에 옛날 남자친구를 만나기로 했는데, 그 안에 어떻게든 5Kg은 줄여야 해요……. 적어도 그렇게 보이기라도 해야 할 텐데 어떡하면 좋죠?" "어머나! 중요한 데이트가 있는데, 커다란 여드름이 여러 개가 돋았어요!" "세상에, 얼마 전에 머리를 염색했는데 완전히 오렌지색 머리가 되어 버렸지 뭐예요?"

지금까지 나는 이러한 위급한(?) 상황들을 수없이 목격해 왔을 뿐 아니라 이보다 더 심각한 처지에 놓여 있는 여성들의 호소에 이제는 어느 정도 익숙해진 상태다. 나는 이런 대부분의 문제 해결에 도움을 줘 왔고, 앞으로 보다 많은 여성들에게 도움을 주고자 이 책을 쓰게 된 것이다. 한 가지 작은 바람이 있다면, 여러분이 이 책을 이용하여 그런 돌발 상황들을 모면하는 지혜를 키우는 것에 만족하지 말고, 일상 속에서 아름다움을 가꾸고, 생활에 우아함을 더하길 바란다. 또 친구나 딸, 엄마, 동료 등 주위의 친한 사람들이 비슷한 고민을 호소해 올 때 경제적으로나 심리적으로 그들에게 도움이 될 수 있는, 그런 '필요한' 사람이 되었으면 한다.

알다시피 미(美)에 대한 잘못된 상식이나 정보는 도처에서 발견된다. 그런 이유에서, 나는 위에서 언급한 여러 고민들을 해결하는 일 이외에도 잘못된 정보를 지적하고, 보다 실용적인 미용법을 널리 알리기 위해 힘쓰고 있다. 그것은 지금 우리가 사람의 첫인상이 가장 오래 남는 시대를 살고 있는 만큼 그 중요성이 아무리 강조해도 지나치지 않기 때문이다.

일단 아름다움에 대한 올바른 개념과 단순하고도 효과적인 미의 비결을 이해하고 난 후에는 자신감과 만족감으로 충만하여, 이것이 생활의 다른 여

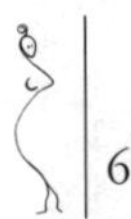

러 부분에까지 널리 파급되는 일까지도 경험하게 될 것이다. 게다가, 스스로
가 그러한 상태에 도달했을 때에는 주변 사람들에게도 이를 전파시킬 능력
까지도 얻게 되는 셈이니, 이는 인생에 있어 커다란 행운이 아닐 수 없다.

  체형, 나이, 그 밖의 다른 조건들이 어떻건, 그에 상관없이 나를 최상의 상
태로 가꾸는 것은 태어나면서부터 지니게 되는 나만의 소중한 권리다. 자,
지금부터 얻게 되는 모든 지식을 지혜롭게 활용하여 이 시대의 진정한 '미
인' 이 되어 보자.

Diane Irons

제1장 미인이 되기 위한 준비 단계

제2장 피부에 대한 모든 것

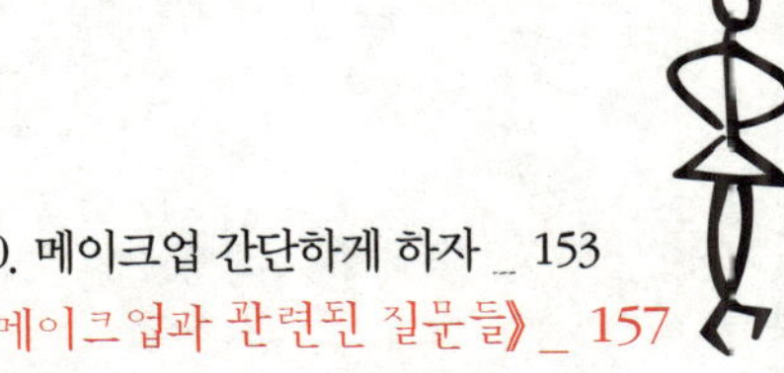

제7장 아름다운 머릿결을 갖자

제10장 소품 미인, 관리의 여왕

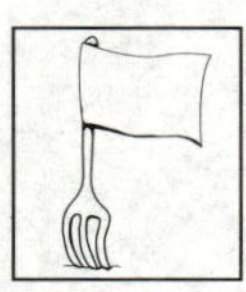

제11장 아름다운 몸을 위한 119 다이어트

부록

제1장

미인이 되기 위한 준비 단계

1. 미인의 태도와 마음가짐

미(美)를 위한 마음가짐이란 아름다워지기 위한 비결 가운데 가장 중요하고 아주 저렴한, 그러면서 나의 인생을 변화시킬 수 있는 으뜸가는 조건이라 할 수 있다. 사실 이 마음가짐이야말로 아름다워지기 위한 가장 빠른 지름길인 셈이다. 이는 돈으로 살 수 있는 어떠한 미용 제품과도 비교할 수 없다. 잘 나가는 헤어 스타일리스트의 예술에 가까운 헤어 컷보다도, 유명 메이크업 아티스트의 현란한 화장술보다도 더 드라마틱한 변화를 가져다주는 것이 바로 우리의 '마음가짐'인 것이다.

얼마 전 나는, 외모에 너무 자신이 없어 대문 밖을 나서는 것을 꺼려하는 십대 소녀들에게 도움을 주고자 유명 토크쇼에 출연한 적이 있다. 그들은 모두 아름답고 건강한 소녀들이었지만, 그 가운데 두 명은 체중 문제의 고민으로 자신감 부족에 빠져 있었다. 다른 소녀들은 외모와 관련된 특별한 문제를 가지고 있지는 않았지만, 급우들에 의해 따돌림을 당해 마음에 상처를 입은 상태였다. 내가 '미인이 되기 위한 준비 단계'라는 장을 쓰려고 마음을 먹은 것도 바로 이들과 자리를 함께 하고 난 직후였다.

그렇다면, 올바른 마음가짐이란 과연 무엇인가? 위에서 언급한 TV쇼에 출연했던 소녀들은 다른 이들의 말이 자기 스스로에 대한 자신감에 어떠한 악영향을 끼치는지에 대해 얘기한 바 있다. 그렇지만 그 어떤 말을 들었건 간에, 중요한 것은 그 말을 듣는 '주체'의 마음가짐이라고 할 수 있다. 만일 자신감이 결여된 말을 긍정적인 마음가짐과, 자신감에 넘치는 다른 소녀에게 들려주었다고 치자. 그 소녀는 그러한 말에 전혀 동요하지 않을 것이며 터무니없는 말이라고 흘려 버릴 것이다. 강한 여성이란 스스로에 대해 긍정적이며 자신이야말로 이 세상의 중심에 서 있다고 믿는 여성이다.

2. 스스로에 대해 자신감을 갖자

진심으로 자신의 모습을 변화시키길 원한다면, 그저 막연한 상상에서 벗어나 보다 세세한 면들을 구체적으로 형상화시킬 수 있어야 한다. 진정 내가 바라는 나의 변화된 모습이란 어떤 것일까? 지금보다도 더 깨끗한 피부를 가진 나, 더 매끈한 몸매의 나, 건강하고 윤기 있는 머릿결을 가진 나, 꼿꼿하고 바른 자세를 가진 나…… 등등이 있을 것이다. 이런 변화들이야말로 실질적이고도 달성 가능한 목표라 할 수 있다. 이제는 실현 불가능한 목표를 세우는 일 따위는 그만 두자. 허리 사이즈가 단 한번도 26인치 이하가 아니었다면 그런 잘록한 허리를 만들기 위해 자신을 쓸데없이 학대할 필요는 없다. 또한 잡지 표지에 등장하는 모델이나 TV, 영화에 나오는 여주인공들을 더 이상 자신의 비교 대상으로 삼지 말자. 대신, 나만이 갖고 있는 개성을 인정하고 이를 최대한 살리는 데 온 힘을 집중시켜 보자.

거울을 통해 자신감을 갖자

올바른 마음가짐을 갖기 위한 가장 빠른 지름길은 자신의 모습을 거울에 투영해 보는 것이다. 자신감의 부족으로 고민하는 많은 여성들의 대부분이 거울 보는 일에 상당한 거부반응을 나타낸다. 그 이유는 바로 '보면 볼수록 기분만 더 우울해지기 때문' 이라는 자격지심이 그들의 심리에 반영하고 있는 듯하다. 그러나 거울은 내 자신에게 가장 큰 협력자가 될 수 있다는 것을 명심해야 한다. 거울은 아주 조금씩 발전하면서 변해 가는 내 모습을 알려 주는 역할을 하기 때문이다.

"나는 내 방문 뒤쪽에 내 키만한 길이의 커다란 거울을 걸어 두었어요. 그 앞에 서서 내가 입은 옷 끝단이 잘 마무리되었는가부터 자세가 올바른지까지를 꼼꼼히 점검하곤 하지요. 이 거울의 위치는 약간 강한 듯한 자연광에 노출되어 있어서 메이크업이 제대로 되었는지도 확실히 체크할 수가 있습니다."

- 빅토리아, 33세 -

항상 업그레이드 된 방법을 찾아라

머리를 감는 일에서부터 로션을 바르는 일에 이르기까지, '제품을 어떻게 사용하느냐' 하는 방법상의 문제가 결국 아름다움의 결과를 좌우하게 된다. 예를 들면, 모이스처라이저(보습제. 로션, 크림, 에센스 등을 말한다)를 사용할 때 먼저 손바닥 위에 덜어 온기를 준 후 얼굴에 바르면 더욱 자연스럽게 스며들게 된다. 주변을 세심히 체크해 보자. 반드시 지금의 방법보다 더 좋은 방법을 찾을 수가 있을 것이다.

허영심의 미덕을 발휘하자

어렸을 때, 인형의 머리로 다양한 헤어스타일을 연출해 낸 기억이 있을 것이다. 또 많은 여성들이 엄마의 화장대 위에 있는 화장품들을 슬쩍해 얼굴에 바르기도 하고, 엄마가 가지고 있는 장신구, 향수, 구두, 옷 등을 가지고 엄마가 돼 보기도 하면서 놀았을 것이다. 자신감이 넘치는 여성들은 쌓인 스트레스를 풀거나 기분전환을 할 때 화장이나 몸단장을 즐겨한다. 스스로의 외모를 가꿀 줄 아는 여성은 보기에도 매혹적일 뿐 아니라, 다른 사람들에게 멋과 스타일, 그리고 매력이란 무엇인가를 가르쳐 주는 역할을 하기도 한다. 허영심이란 외모뿐 아니라 우리의 머릿속을 정리하고 단장시켜 주므로, 아주 긍정적인 하나의 미덕이 될 수 있다.

무조건 예쁘게 보여야 한다는 것에 집착하지 말자

자신을 아끼고 사랑한다는 사실을 온 세상 사람들에게 알리자. 진정한 아름다움이란 각자의 타고난 개성을 축복하는 것. 값비싼 화장품이나 미용기구에서 미(美)를 찾기보다는 나만의 아름다움을 찾아 보자. 이렇게 나만의 미를 찾아 노력하는 과정에서 차츰 내 자신을 사랑하는 법을 배우게 될 것이고, 나의 단점이 장점으로 승화되는 길이 열릴 것이다.

세심한 부분에도 주의를 기울이자

부스스하고 지저분한 머리에 흐리멍덩한 화장을 했다면, 아무리 섹시한 힐에 멋진 드레스를 입고 있다고 한들 무슨 소용이 있겠는가? 거기에 부러진 손톱까지 한몫 거든다면 또 어떨까? 한 가지 잊지 말아야 할 것은 그런 부분에까지 세심한 주의를 기울여야 한다는 점이다. 외모에 쏟는 정성은 결국 내부의 자신감을 표출하는 일이며, 나아가 진정으로 자신을 아끼고 돌볼 줄 아는 사람이라는 것을 여러 사람에게 알리게 되는 길인 것이다.

나를 위한 시간을 갖자

이는 내 자신에 대한 존중과 자부심을 나타내는 가장 중요한 표현법이라고도 할 수 있다. 매일 자신을 위한 일을 한 가지씩 하는 습관을 들여 보자. 자신에게 어떤 영감을 불어넣어 줄 만한 양서를 읽는 것도 좋고, 평소와는 다른 미용법을 시도해 보는 것도 좋다. 아니면 따뜻한 욕조 물에 몸을 맡기고 편안한 시간을 가져보는 것도 좋다. 스스로를 특별한 존재로 느끼도록 만드는 것은 바로 이런 작은 즐거움에서 출발한다. 필요하다면 자신이 특별한 존재라는 자기 최면이라도 걸어보자. 자신을 진심으로 믿는다면 진짜 그렇게 되기 때문이다. 어떤 일을 하든, 그 후에는 반드시 내가 어떤 일을 했고, 그때 어떤 기분을 느꼈는지 기록해 두는 습관을 들이자. 하나의 노트에 일기를 쓰듯 꼬박꼬박 적어 내려가, 나만이 갖는 '아름다움을 위한 파일'을 만들어 보는 것이다. 친구들로부터 들은 좋은 이야기나 감동적인 글귀들, 기분이 좋아지는 사진 등을 넣어 언제 읽어도 즐거운 마음이 들도록 꾸며 놓자.

내 모습에 자신감을 갖자

자신의 모습에 대해 자신감이 없다면 다른 사람들 역시 무시하는 눈으로 보는 것은 당연한 일이다. 보다 당당한 기분으로, 세상과 자신 있게 맞서자. 그러면 다른 사람들도 자신을 당당하고 자신감 넘치는 사람으로 인식하게 될 것이다.

자신을 단장하고 꾸밀 때에는 최선을 다하고, 그런 뒤에는 모든 것을 잊도록 하자. 내가 아는 사람들만 해도 10분마다 거울로 자신의 상태나 모습을 체크하지 않고는 못 배기는 이들이 있는가 하면, 치아 사이에 시금치가 끼어 있어도 별로 개의치 않는 여성들도 있다. 그 중간 어딘가에 행복을 느낄 수 있는 완충지대가 존재하는 법이다. 세상에는 심한 강박관념에 휩싸이지 않고도 미(美)를 느끼며 아름답게 행동할 수 있는 길이 많이 있다.

미(美)에 대한 욕심을 숨기지 말자

남에게 자신의 가장 멋진 모습을 보이고 싶어하는 마음을 탓할 사람은 아무도 없다. 외모란 여전히 중요한 것이기에. 게다가, 스스로의 겉모습을 아름답게 가꾸어 나가는 일은 정신적으로도 좋은 영향을 미친다. 스스로를 대함에 있어 어느 정도의 존중과 예의를 갖추자. 그러면 남들 또한 나를 하나의 인격체로 대하게 될 것이다.

귀여운 자기 과신은 오히려 매력!!!

그렇다. 세상에 완벽한 몸매라는 것은 존재하지 않는다는 사실은 누구나 다 알고 있다. 그러니 이제 못마땅한 내 신체 부위에 대해 슬퍼하고 불평하는 대신,

나름대로 자기 신체의 자신 있는 부분에 초점을 맞추도록 하자. 엉덩이가 처져서 고민이라면 그 대신 날씬하다고 생각되는 팔이나 종아리를 보이면 될 것이 아닌가. 세상에 보여지는 내 모습에 대한 통제권을 가지고 있는 사람은 바로 내 자신이다. 자, 이제 나의 가장 자신 있는 부분을 찾아 이를 온 세상에 널리 알리자!

3. 단순화의 미덕—단순한 것이 아름답다!

패션 잡지에 나오는 눈부시게 화려한 아름다움을 접하게 될 때면, 보통의 평범한 여성들은 왠지 자신들과는 거리가 먼 이야기처럼 느끼곤 한다. 잡지 속의 모델들은 어떤 색깔과 스타일의 옷을 입어야 하는지를 지시하고, 최신 유행에 발맞추기 위해 꼭 가지고 있어야만 하는 것들을 끊임없이 보여 주고 있다. 또 복잡하고 많은 비용이 드는 미(美)의 비법(!)들을 알려 주어, 마치 완벽한 여성이 되기 위해서는 누구나 최소한 하루 중 절반 이상의 시간과 많은 돈을 투자해야만 하는 것처럼 믿게 만든다.

이런 것들을 스스로의 판단 하에 잘 걸러 합리적인 것만을 추려내는 작업이야말로 바쁜 일상을 살아가는 우리에게 맞는 일이라 할 수 있다. 한 가지 이상의 용도로 쓰이는 다목적 제품, 또는 매년 매시즌마다 입을 수 있는 의복들은 돈이나 시간에 크게 구애받지 않고도 나름의 멋진 모습을 연출하는 데 큰 도움을 줄 것이다.

중간 체크를 위해 짬을 내자

　적어도 하루에 두 번 이상은 5분씩이라도 짬을 내어 메이크업이나 머리 모양, 복장을 살펴보도록 하자. 아무리 완벽한 모습으로 시작한 하루라 해도 중간중간에 옷매무새를 새롭게 하는 등 체크하는 일은 꼭 필요하다. 이렇게 중간 체크가 끝나면 숨을 깊게 들이마시며 몸과 마음을 모두 새롭게 하자. 그렇게 하면 이어서 하는 일도 한결 수월해질 것이다.

대청소를 감행하자

　진정한 나를 발견하기 위해서는 감정에 부정적인 영향을 미치는 물건들을 과감히 정리하는 것이 좋다. 당장 옷장 문을 열어, 내게 어울리지 않아 속상하거나 내 자신에 대해 약간이라도 부정적인 기분을 느끼게 하는 옷들을 모두 꺼내 버리자. 화장품도 마찬가지다. 오래된 립스틱이나 마스카라, 화장품 샘플과 본인에게 어울리지 않는다고 생각되는 색깔의 아이섀도들은 치우거나 어울릴 만한 친구에게 주도록 하자.

4. 나만의 스타일 만들기

'스타일'이란 무엇인가? 스타일이란 외모를 통해 드러나는 자신감의 다른 표현이라고 할 수 있다. 사람이라면 누구나 자신만의 고유한 스타일을 갖고 있어야 한다. 물톤 최근의 유행이나 경향에 발을 맞추는 일도 중요하다. 그렇다면 그러한 유행을 받아들여 나만의 스타일로 변화시켜 보는 것은 어떨까. 두려워하지 말고 과감한 변화를 시도해 보자. 새로운 분위기로 바꿔 보고, 주변의 반응을 살펴보자. 이 과정을 통해 내게 가장 어울리는 스타일을 찾게 되면 그것을 내 것으로 만들어 가면 된다.

"저는 몇 년간 수많은 시행착오를 거친 후에야 드디어 내게 어울린다고 생각되는 스타일을 찾게 되었습니다. 본래 저는 캐주얼 룩이 가장 잘 어울리는 스타일인데, 여기서 조금만 벗어나도 어딘가 좀 어색하고 지나치게 차려입은 듯한 느낌을 받곤 했지요. 그런 차림을 하고 있으면 왠지 어삭하고 불편한 듯하면서, 뭔가 어설픈 듯한 인상을 주는 것 같았거든요. 어렵게 찾아낸 나만의 스타일을 단장하는 데 시간도 많이 걸리지 않고, 지금은 약간의 격식이 필요한 자리에도 잘 어울리도록 꾸밀 수가 있게 되었답니다."

- 샌드라, 44세 -

편안함 속에서 아름다움을 찾자

내게 가장 잘 어울리는 스타일의 옷을 한두 벌은 꼭 가지고 있자. 이런 옷은 몸에 잘 맞고 어울릴 뿐 아니라 무엇보다도 입어서 편안한 느낌을 주는 것이어야 한다. 만약 집에서 입는 옷이라면 하루 종일 입고 있어도 편안한 것이어야 한다. 그리고 직장에서 입는 옷이라면 멋스러우면서도 기능성과 활동성을 지니고 있어야 한다. 꽉 끼는 옷은 자신의 원래 치수에 관계없이 자기 몸에 대해 단점을 드러내게 할 수 있고, 때로는 스트레스를 유발해 과식에 이르게 만들 수도 있다.

모방을 통해 미(美)를 창조하자

훌륭하다고 생각되는 헤어스타일이나 옷, 혹은 내게 잘 어울릴 것 같은 스타일을 찾았다면, 캠코더나 카메라로 그 모습을 여러 각도에서 찍어 두자. 그렇게 하면 나중에 그와 비슷한 스타일을 연출하고자 할 때 한결 수월해질 것이다. TV쇼에 나갈 때면, 나는 메이크업 아티스트들이 내 얼굴에 화장을 하는 과정을 언제나 유심히 보고, 될 수 있으면 기억해 두려 한다. 지금까지 메이크업은 스스로 하는 것을 원칙으로 삼고 있고, 또 그 방면에 꽤나 자신이 있긴 하지만, 나는 아직도 다른 이들의 메이크업 기법을 살펴보는 일을 즐긴다. 그래서 내 마음에 쏙 드는 메이크업이 연출되었을 때에는 주변 사람들에게 부탁해 당시의 내 모습을 사진으로 찍어두곤 한다.

여러분도 마찬가지다. 여러 화장품 매장을 방문하여 그곳의 직원들에게 메이크업을 받을 때도 마찬가지로 적용해 볼 수 있다. 이럴 때를 위해 카메라를 휴대하고 다닌다면 금상첨화! 방금 한 메이크업이 마음에 쏙 든다면 그곳 점원이나 친구를 시켜 자신의 얼굴을 클로즈업해서 사진을 찍어 남기도록 하자.

고정된 틀에서 벗어나자

평소 틀에 박힌 똑같은 화장법에 너무 오랫동안 의지해 왔거나, 혹은 지난 5~10년 동안 계속 비슷한 옷만을 고집해 왔다면 이제는 새로운 변화를 꾀할 시기가 된 것이다. 단, 너무 눈에 띄게 큰 변화를 준다면 위험부담이 크므로 삼가는 것이 좋다.

한꺼번에 모든 것을 완전히 뜯어고치려는 것은 결코 좋은 생각이 아니다. 지금까지와는 전혀 다른 새로운 메이크업을 시도하는 것보다는 립스틱 색깔을 약간 바꿔 본다든가 아니면, 다른 색의 아이셔도를 사용해 본다든가, 새로운 헤어스타일의 시도와 눈썹 정리를 보다 세련되게 하는 식으로 작은 변화를 시도해 보는 것이 바람직하다. 오래된 습관일랑 잊어버리고 뭔가 새롭고 전문적인 것에 도전해 보자.

매일 진 종류만 입었다면, 오늘부터는 밀리터리 룩을 시도해 보고, 또 머리 가르마를 다른 쪽으로 타 보자. 모든 면에 있어 신나고 흥미로운 변화를 꾀해 보는 거다. 단, 이때 주의할 점은 한두 달 인기를 끌다 곧 사라져 버리는 반짝 유행의 노예가 되지 말라는 것.

기억에 남을 만한 스타일을 지니자

특히, 직장 생활을 하는 여성이라면 나만의 독특한 스타일을 지닌 사람으로 기억되는 것은 아주 중요하다. 이런 이유로 많은 여성들이 시도해 보곤 하지만, 눈에 띌 만한 강렬한 인상을 남기기란 좀처럼 쉬운 일이 아니다. 먼저, 내 얼굴을 돋보이게 하는 색과 내 체형에 어울리는 옷을 고르자. 파스텔 톤의 색도 좋고 갈색 톤도 좋다. 귀엽고 깜찍한 스타일의 옷이나 커리어우먼들이 즐겨 입는 활동적이면서 세련된 스타일의 옷도 좋다. 여기에 브로치나 스카프로 포인트를 주면 나를 기억하게 하는 좋은 방법이 될 수 있다.

"많은 사람들이 저를 '장미 빛깔의 여인'으로 기억하곤 하지요. 전 아주 어렸을 적부터 붉은 계통의 색깔들을 아주 좋아했거든요. 머리끝부터 발끝까지 완전히 붉은색으로 치장을 하지 않더라도, 붉은색 계통의 핸드백을 맨다든지 또는 검은색 드레스를 빨간 구두와 함께 신는다든지 하는 식으로 항상 붉은색을 잊지 않는답니다."

- 매기, 41세 -

두려움을 버리자

다양한 스타일에의 도전은 스스로에게 커다란 자신감을 심어 준다. 자, 머뭇거리지 말고 당장 그간의 틀에 박혀 있던 습관들을 변화시켜 보자. 남의 눈을 너무 의식해 지나치게 튀거나 혹 실수는 하지 않을까 하는 식으로 너무 두려워하지 말자. 진정 내게 어울리고 또 내 마음에 드는 모습을 연출할 때까지 계속해서 여러 가지를 시도해 보자.

첫인상이란 생각보다 훨씬 오랫동안 지속되는 것이니 만큼, 이 중요한 순간을 최대한 활용하는 지혜로운 사람이 되자.

어떤 이와 처음 마주하게 된 그 몇 초간의 짧은 시간 동안, 중제적인 상태에서부터 성격에 이르기까지 그 사람에 대한 수많은 선입견이 일시에 형성된다. 전체적인 조화를 중요하게 생각하되, 작은 부분에도 세심한 주의를 기울이자.

첫인상이 인생에 중요한 재산이 될 수 있는가의 여부는 그 자신의 손에 달린 것이다.

첫만남, 그 순간을 최대한 활용하자 !!!

제 2 장

피부에 대한 모든 것

1. 최고의 피부 가꾸기

짧은 시간 안에 보다 멋진 모습을 연출하고 싶다? 그렇다면 피부를 말끔히 하는 것이 한 가지 방법이 된다. 자신에게 알맞은 화장품을 사용하기 위해서는, 무엇보다도 자신의 피부 타입을 제대로 파악하는 것이 우선 순위다. 우리들 대부분은 매우 평균적인 보통의 피부를 가지고 태어난다. 그렇지만 세월이 흐르면서 주위 환경이나 우리가 먹고 마시는 모든 것들, 호르몬, 그 밖의 수많은 요소들로 인해 우리의 피부는 점차 변화를 겪게 된다. 이렇게 변화를 겪는 피부를 최고의 상태로 유지하기 위해서는 피부에 맞는 적절한 관리를 허주어야 한다.

지성 피부

지성 피부는 모공이 넓어 눈에 잘 띄는 편이다. 특히 코나 이마, 턱 부분에 유분이 지나치게 많아 거뭇거뭇한 여드름 등의 지저분한 잡티로 발전할 가능성이 많다. 언뜻 생각하면 이런 발진류에는 '강한' 제품을 사용하는 것이 좋을 것 같을지도 모르겠으나, 이는 오히려 지성 타입의 피부를 더욱 악화시키는 결과를 초래할 뿐이다. 이런 경우, 물에 탄 분유보다 더 좋은 클렌저는 없다. 이러한 유산(乳酸)의 사용은 피부를 깨끗이 씻겨 줄 뿐 아니라 피부에 붙어 있는 각질을 벗겨 주는 역할도 한다. 이때, ph의 균형을 유지 · 지속시키기 위한 최고의 토너로써 레몬을 이용하고, 오일이 첨가되지 않은(오일 프리) 모이스처라이저로 마무리를 해주는 것이 좋다.

만일 자신의 피부가 극단적일 만큼 많은 유분을 함유하고 있어 모이스처라이저가 거의 필요치 않다고 판단된다 하더라도, 눈 밑 부분만큼은 잊지 말고 항상 수분을 공급해 주자. 이때에는 아이 크림보다는 아이 젤 타입이 더욱 효과적이다.

건성 피부

건성 피부는 작은 모공(땀구멍)과 섬세한 피부 조직이 특징이다. 이 피부 타입인 사람은 피부가 당기는 느낌을 자주 받으며 모세혈관이 파괴되기 쉽다. 건성 피부는 극단적인 기후나 날씨의 변화(특히 매서운 바람)에 노출되지 않도록 각별한 주의를 기울여야 한다.

이런 타입은 굳이 비누를 고집할 필요가 없다. 건성 피부를 가진 여성들은 아침에 밤새 생겨난 기름기를 제거하기 위해 물 세안 한 번이면 충분하다. 알코올 성분이 포함된 토너의 사용은 삼가도록 하자. 위치헤이즐은 건성 피부에게 있어 완벽한 토너 역할을 해줄 것이다. 이것을 사용한 후에는 수분을 듬뿍 공급해 주는 것을 잊지 말도록 하자. 메이크업을 지울 때에는 부드러운 클렌징 크림을 사용하는 것이 좋다.

복합성 피부(지성+건성)

　지성과 건성 피부 타입이 함께 존재하는 형이다. 이 타입의 피부는 T존(T-zone. 코, 이마, 턱) 부위에 유분이 과다하게 몰려 있고, 나머지 부분은 대개 건성을 나타낸다. 따라서 지성 부분에만 지나치게 집중한다거나 건성인 부분을 그대로 방치하지 않도록 주의를 기울여야 한다. 세안 시에는 분유를 이용하고, T존 부분에만 레몬 토너를 사용하자. 그런 후, 건성 부분에는 계속해서 수분을 집중적으로 제공해 주도록 하자.

2. 여드름 예방법

 이제 여드름은 청소년의 심볼이 아니다. 여드름은 호르몬의 불균형을 초래하는 스트레스가 주범이라 성인에게도 발병률이 점점 높아져 가고 있는 추세다. 여드름을 말끔히 없애고, 미리미리 방지하기 위한 몇 가지 방법들을 살펴보자.

✓ 전화 수화기에 턱을 댄다거나 또는 습관적으로 어깨에 받친다거나, 얼굴을 자주 만진다거나 하는 등의 행동을 삼가자.

✓ 한꺼번에 많은 성분들을 피부에 섭취시키려 들지 말자. 두꺼운 자외선 차단제 위에 영양분이 넘치는 모이스처라이저, 거기에다 크림 파운데이션까지 바른다면 영양 공급은커녕 모공만 막히는 결과를 초래한다.

✓ 모발용 제품들 또한 헤어라인이나 이마, 목, 어깨, 그리고 등에 생기는 여드름과 관련이 있다. 되도록이면 제품들을 자주 바꿔 가며 사용하고, 분사물이 피부에 닿지 않게 주의하자.

3. 효과 만점의 여드름 퇴치법

✔ 갓 생겼거나 한창 무르익어 가는 여드름 위에 마늘즙을 가볍게 두드리듯 문질러 준다.

✔ 눈이 충혈 되었을 때 사용하는 안약을 원하는 부위에 떨어뜨린 후 약 10~15초간 그대로 둔다.

✔ 발효제인 이스트에 티트리(tea-tree) 오일을 충분히 넣어 반죽한다. 여드름이 난 부위에 이 반죽을 펴 바른 다음, 밴드로 덮어 준다. 그 상태로 하룻밤 동안 그대로 놓아둔다. 이스트는 여드름이 피부 밖으로 나오도록 만들어 주며, 티트리 오일은 이를 살균소독 하는 역할을 한다. 다음 날 아침이면 깨끗해진 피부를 기대해도 좋다.

✔ 탈지면이나 면봉을 따뜻한 소금물 속에 담가 둔다. 발갛게 변한 부위를 약 3분간 눌러 주어 여드름의 봉우리 부분을 약화시킨다.

✔ 여드름 주위에 꿀을 약간 발라 문지르면 모공의 깊숙한 곳까지 청소해 주고 박테리아를 밖으로 끌어내는 역할을 한다. 약 10분간 그대로 둔다.

4. 피부의 치료 및 트리트먼트

이번에는 비교적 간단하면서도 빠른 효과를 기대할 수 있는 방법들을 소개하고자 한다. 등잔 밑이 어둡다는 말처럼 주변에 훌륭한 치료제들을 발견하지 못한 채 멀리서 아까운 돈과 시간을 낭비하는 것은 참으로 어리석은 일이 아닐 수 없다. 딸기, 레몬, 오렌지 등 ph가 낮은 훌륭한 미용 재료들이 주변에 수없이 많이 널려 있으니 말이다. 다음에 소개될 방법들 가운데 자신의 마음에 드는 것을 몇 가지 골라 시도해 보자. 만족할 만한 결과에 기분까지도 한결 좋아질 것이다.

얼룩덜룩한 반점에는

설탕 작은 봉지 한 개 분량에 레몬즙 2테이블스푼을 넣어 섞는다. 그 다음에는 부드러운 브러시로 원하는 부위를 부드럽게 문질러 준다. 15분간 그대로 놓아두었다가 물로 씻어낸다.

거뭇거뭇해진 여드름을 없애려면

끓는 물 1/4컵에 황산마그네슘 1티스푼, 요오드 용액 3방울을 섞는다. 손으로 만져도 괜찮을 정도가 될 때까지 식힌다. 여기에 탈지면을 담가 푹 적신 후, 이것으로 거뭇거뭇해진 여드름 위를 살살 문지르거나 두드려 준다. 그런 다음 거즈를 이용해 살짝 건드려 주기만 해도 아주 쉽게 여드름을 짜낼 수 있다.

건조한 민감성 피부에는

올리브유 1/4컵을 전자레인지에 데운다. 어느 정도 식힌 다음 피부에 마사지하듯 문질러 주고 면 타월로 닦아낸다.

넓어진 모공을 수축시키려면

오이 반 개를 얇게 썰어 위치헤이즐 1티스푼을 넣은 장미수 1/4컵에 함께 담근다. 이를 냉장실에 차갑게 보관한 다음, 클렌징 후 얼굴에 문질러 주면 모공이 작아지고 피부가 팽팽하게 된다. 쓰고 남은 것은 일주일간 냉장 보관하면서 사용하도록 한다.

각질이 일어난 얼굴에는

꿀 약간을 얼굴 전체에 마사지하듯 바른 다음, 그 상태로 약 10분간 둔다. 그레이프프루트 즙에 적신 탈지면으로 이를 닦아 낸다. 다시 5분간 그대로 두었다가 따뜻한 물로 씻어내면 끝.

오이 스크럽 오이는 부드러운 스킨 로션 역할을 하고 세포의 생성을 촉진시킨다. 껍질을 벗긴 오이 세 개를 믹서기에 넣고 간다. 샤워할 때 이를 거품 타월에 묻혀 온몸에 문지르고 깨끗이 헹궈내면 비단결 피부 완성!

바디 스크럽 페퍼민트 티 3/4컵에 굵은 천일염 한 컵 분량을 넣고 섞어 반죽한다. 샤워할 때 이를 온몸에 문질러 주면 각질이 제거되어 윤기 나는 건강한 피부를 만들 수 있다.

베이비 오일과 베이킹 소다 스크럽 베이비 오일 1/2 티스푼에 베이킹 소다를 충분히 넣어 반죽을 만든다. 이것을 몸 전체에 마사지한 다음, 미지근한 물로 씻어낸다. 이 스크럽은 피로에 지친 피부에 활력을 주며 피부를 보다 윤기 있게 만들어 준다.

건조한 피부에는

식물성 쇼트닝 1테이블스푼에 말린 다시마 가루 1테이블스푼을 넣어 섞는다. 이것으로 건조한 피부 부위를 마사지해 준다. 그런 다음 타월로 꾹꾹 눌러 닦아낸다.

지성 피부에는

완전히 익은 토마토를 골라 껍질을 벗긴 후, 믹서기에 넣고 살짝 갈아 준다. 탈지면이나 큰 면봉을 이용해 세안을 마친 깨끗한 얼굴 위에 이를 잘 펴 바른다. 약 15분간 그대로 두었다가 미지근한 물로 씻어낸다. 토마토는 기름기를 흡수하는 산(酸)과 각질을 제거하는 천연 성분을 함유하고 있다.

베갯자국이 얼굴에 그대로 남아 있다면

상쾌한 아침, 얼굴에 밤새 생긴 베갯자국이 그대로 남아 있다면 정말 낭패가 아닐 수 없다. 여기 그 해결책이 있으니 걱정일랑 날려 버리자. 타월 하나를 아주 따뜻한 물에 축축하게 적신 다음, 자국이 남아 있는 부위에 식을 때까지 올려놓는다. 헤어 드라이어의 따뜻한 바람으로 축축한 기운을 완전히 말려 준다. 자국이 없어질 때까지 이 과정을 반복한다.

갈라지거나 튼 피부에는

깨끗한 면 장갑을 건조기에 넣어 따뜻하게 데워 둔다. 갈라지고 튼 손이나 손발톱의 큐티클 주위, 그 밖의 튼 피부에 어더 밤(udder balm)이나 바셀린을 듬뿍 바른다. 그런 다음 면 장갑을 낀 채 잠자리에 든다. 손 이외의 부위에는 거즈를 덮어 두면 된다.

얼굴 색을 밝게 하려면

레몬 반쪽을 얼굴 전체에 문질러 준다. 5분간 그대로 두었다가 따뜻한 물로 헹궈낸다.

눈 및 입 주변의 주름 제거에는

알약으로 된 비타민 C(가능하면 효과가 '강한' 것이 좋겠다)를 구해 팔팔 끓인 물 1/2 티스푼에 녹인다. 이 물을 충분히 식힌 다음, 이것을 소량의 아이크림에 첨가해 눈 밑과 입 주변을 조심스레 두드려 준다. 비타민 C는 피부 조직의 산화 및 노화를 방지하는 것으로 그 효능을 널리 인정받고 있다.

클레오파트라의 아름다운 피부의 비결?

전설적인 미인 '클레오파트라'는 매일 거르지 않고 나일강에 시원하게 담가 두었다 가져오는 두 개의 오이로 전신 마사지를 했다고 한다. 오이는 주름을 방지하는 호르몬을 함유하고 있을 뿐 아니라 사람의 건강한 피부와 똑같은 상태인 ph 5.5(약산성)를 띠고 있다. 여러분도 클레오파트라처럼 오이를 이용하여 모공을 깨끗이 청소하고 피부를 팽팽하고 탄력 있게 만들어 보도록 하자. 오이의 용도는 더 있다. 다리털을 면도하거나 왁스를 이용하여 제모한 후에 오이로 문질러 주면 놀란 피부를 진정시키는 데 효과적이다.

5. 자연 추출물을 이용한 천연 스킨케어

 모이스처라이저와 토너 중 최고의 제품을 찾고 있다면 지금 당장 가까운 식료품가게나 과일가게, 또는 건강식품점으로 달려 가시라. 자연에서 바로 직송된 이런 식품들이야말로 피부를 괴롭히는 유해한 화학성분을 수반하지 않고도 우리가 원하는 피부 상태를 제공하는 최상의 스킨케어 용품들인 것이다.

아몬드 오일　피부를 부드럽고 매끈하게 만들어 주며, 모든 피부 타입에도 잘 어울린다. 무엇보다도 가렵거나 염증이 있는 부위를 가라앉히는 데 효과적이다.

알로에 베라 토너　알로에 베라 젤을 토너로 이용해 보자. 이는 피부세포를 재생시키는 치유력을 갖고 있을 뿐 아니라 어떤 피부에도 부드럽게 스며든다. 알코올을 포함한 토너는 금물! 이는 본디 피부가 지닌 자연적인 기름성분을 벗겨내 버린다.

살구씨 오일 민감성 피부에 특히 좋다. 비타민 A가 엄청나게 풍부한 것이 특징이다.

아보카도 오일 비타민 A와 E가 풍부하게 함유되어 여러 가지 피부 트러블의 치료에 효과적이다. 건조한 피부나 가벼운 화상을 입은 부위에도 효과가 좋다.

아마씨 오일 아마씨에는 비타민 E가 풍부하여 피부세포의 재생에 효과적이다. 출산 후 복부에 나타나는 임신선의 치료에 많이 사용된다.

올리브 오일 몸이나 머리카락 어느 부위에 사용해도 좋다. 전자레인지에서 따뜻하게 데운 후 이용하면 효과를 극대화시킬 수 있다. 매우 건조하고 갈라진 피부에 특히 좋다.

6. 아름다운 피부를 위해 이것만은 피하자!

흡연 니코틴, 타르, 담배 연기는 피부의 혈액순환을 악화시킨다. 이로 인해 피부는 생기를 잃을 뿐 아니라 윤기가 사라지고 누르스름한 나쁜 혈색을 띠게 된다. 피부는 언제나 산소를 필요로 한다. 산소는 콜라겐과 엘라스틴(elastin, 단백질의 일종인 탄력소)을 만들어내며 혈액순환을 촉진시킨다. 적당한 운동이야말로 피부에 충분한 산소를 공급하는 데 그 어떤 화장품보다도 뛰어난 역할을 한다. 별다른 효과를 보이지 않거나 아예 효과도 없는 값비싼 제품들에 헛돈을 낭비하느니, 하루에 30분만 짬을 내어 동네 한 바퀴를 기분 좋게 산책하는 편이 어떨까?

알코올 술을 너무 많이 마시면 피부가 건조해지고 혈관이 확장된다. 알코올이 든 음료를 한 잔 마실 때마다 물 한 컵씩을 함께 마셔 주면 체내의 수분을 유지하는 데 도움이 된다.

태양 이제는 우리 피부에 햇빛이 얼마나 심각한 영향을 끼치는지 모르는 사람이 없을 것이다. 정오 경에 바깥에 나가는 것만으로도 태양에 의한 손상을 입게 되는 만큼, 외출할 때에는 언제나 자외선 차단제를 바르는 습관을 들이도록 하자. 최소한 SPF 15 정도의 모이스처라이저를 이용해야 한다. 이렇게 하면 사용해야 할 화장품을 몇 가지 줄일 수 있을 뿐 아니라 햇빛으로부터 피부를 보호하고 있다는 생각에 안심이 될 것이다.

무리한 다이어트   지나친 다이어트는 우리 몸에 필요한 각종 영양소를 부족하게 만들어서, 피부를 비롯한 중요한 기관들에 부정적인 변화를 가져오기도 한다. 영양소가 부족해지면 피부 조직이 얇아져 손상을 입기 쉬울 뿐 아니라, 이를 치료하는 데 있어서도 많은 시간이 걸린다. 또한, 체중이 늘고 줄어드는 일이 지속적으로 반복되면 피부가 처지고 늘어지는 것을 막기 어려워진다.

비타민 A   어떤 종류가 되었건 비타민을 많이 섭취한다는 것은 좋지 않다. 그렇지만 만일 비타민 A가 함유된 과일 또는 식물 주스를 매일 $500ml$ 이상 마신다면, 이는 피부층을 얇게 만들고 각질을 일으킬 뿐 아니라 피부색을 누렇게 만드니 주의하도록 하자.

얼음   몇몇 연예인들이 얼음 조각을 퍼 놓고 그 속에 얼굴을 담가 피부 순환을 촉진시키는 데 큰 효과를 보았다는 얘기를 들어 보았을 것이다. 하지만 그것을 따라하는 일만은 제발 말리고 싶다. 얼굴에 있는 모세혈관들이 자극을 받아 손상을 입기 때문이다.

7. 아기용품으로 아기 같은 피부를!

 대부분의 모델들은 아기용으로 나온 제품들을 많이 사용하고 있다. 이유는 간단하다. 순하고 효과도 뛰어날 뿐 아니라 비용도 많이 절약할 수 있기 때문이다.

✓ 아기용 물 티슈는 훌륭한 메이크업 클렌저의 역할을 대신하며, 특히 민감한 눈가의 화장을 지우는 데 좋다. 또한 바쁜 하루 중 가끔 손이나 얼굴을 상쾌하게 닦아낼 때 쓰면 효과만점이다!

✓ 아기용 모이스처라이저는 어떠한 피부 타입에 사용해도 무방하며, 특히 성분이 약간 강하다 싶은 제품은 건조한 피부에 사용하면 그만이다.

✓ 아기용 로션은 대부분 부드러운 클렌징의 역할과 모이스처라이저의 이중 역할을 동시에 수행해 내곤 한다. 만일 클렌징을 지나치게 열심히 하는 경향이 있다면, 본래 피부가 지닌 유분을 심하게 벗겨내지 않는 이런 제품들을 사용하는 것이 좋다.

✓ 아기용 자외선 차단제는 SPF 수치가 매우 높고, 태양열로 인해 생긴 염증을 진정시켜 주는 성분을 함유하고 있다.

✓ 아기용 샴푸는 머리카락을 매우 부드럽게 해주며, 탈색될 염려가 없어 좋다.

✓ 아기용 오일이나 목욕제품들은 피부에 좋은 자연 성분의 영양분을 함유하고 있다. 라벤더와 캐모밀 성분이 표시된 제품들을 찾아보도록 하자.

8. 촉촉한 입술을 위하여

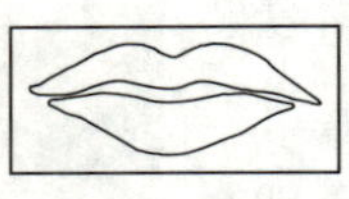 입술은 특별한 관리를 필요로 하는 부분이다. 갈라지고 튼 입술은 보기에도 흉하지만 감염의 우려 또한 높으므로, 입술 관리에 좀더 세심한 신경을 기울이는 현명한 미인이 되도록 하자!

갈라지거나 튼 입술을 보호하려면

바셀린을 입술에 바른 후, 부드러운 브러시로 살살 문질러 준다. 그 위에 다시 립밤이나 립스틱을 덧바른다. 이렇게 하면 입술이 몹시 부드러워질 뿐 아니라, TV에 나오는 '도톰하고 섹시한' 모델들의 입술을 연출할 수 있다.

자는 동안의 입술관리

비타민 E 캡슐 하나를 터뜨려 내용물을 입술 위에 골고루 문질러 준다. 비타민 E는 입술의 치유를 촉진시켜 주는 역할을 한다. 아침에 일어나 남아 있는 비타민 E를 부드러운 브러시로 살살 떨어낸다. 이렇게 하면 입술의 죽은 세포들도 함께 떼어 낼 수가 있다.

입술을 위한 트리트먼트

홍차에는 피부의 보습 효과를 높여 주는 타닌산이 풍부하다. 홍차 티백 하나를 따뜻한 물에 잠깐 담가둔다. 그 티백을 이용해 깨끗이 닦은 입술 위를 5분간 꾹꾹 눌러준다.

입술 관련 제품들은

라놀린을 함유한 입술 연고를 찾아보자. 또 입술과 관련된 상품을 구입할 때에는 언제나 SPF 표시가 된 것을 고르고, 알파 하이드록시산이 함유된 립스틱 또는 립글로스를 사용하면 입술 관리 시 두 배 이상의 효과를 기대할 수 있다. 산(acid)은 죽은 세포를 제거하는 동시에 수분은 계속해서 유지하도록 돕는다.

9. 스킨케어와 관련된 중요 성분 및
그 명칭에 대하여

지금부터라도 상품의 라벨을 제대로 읽자. 이는 올바른 스킨케어 용품을 구입하는 데 있어 필수적인 요소가 될 뿐만 아니라, 메이크업 전문용품점에서 파는 값비싼 스킨케어 제품과 시중 화장품 가게에서 쉽게 구입할 수 있는 제품들을 비교할 때도 큰 도움이 된다. 다음에 소개하는 것들은 올바른 정보 습득을 위해 알아두어야 할 명칭들이다.

아스코빌 팔미틴산염(Ascorbyl Palmitate) 비타민 C의 한 형태로, 콜라겐 합성체를 자극함으로써 주름을 방지하는 데 효과가 있다.

세라마이드(Ceramides) 수분의 미립자인 지질(脂質)의 합성체로, 피부 내에서 자연적으로 생성된다. 피부 모이스처라이저나 클렌저의 성분으로 사용된다.

DAE 신경전달물질을 촉진하여 피부를 탱탱하고 부드럽게 만드는 복합

산화방지제다.

피부연화 완화제(Emollient) 물을 차단하여 피부에 수분을 공급해 준다.

엑스폴리앙(Exfoliant) 수분이 피부로 흡수되는 것을 방해하는 죽은 세포나 갈라지고 벗겨진 피부 세포들을 떼어 내는 역할을 한다. 즉 각질을 떼어 내어 새로운 피부를 선사한다.

글리세린(Glycerin) 주변으로부터 습기를 끌어들이는 스펀지 같은 역할을 하는 휴멕턴트의 일종이다.

휴멕턴트(Humectant, 습윤제) 공기 중의 수분을 피부로 끌어온다.

하이드로코티손(Hydrocortisone) 발진이나 뾰루지 증상을 가라앉히며, 강력한 방부제로 사용되기도 한다.

이소프로필 알코올(Isopropyl Alcohol) 색소나 다른 성분들을 녹여 로션으로 만드는 데 사용된다.

파라아미노 벤조산(Para-aminobenzoic Acid, PABA) 비타민 B 복합체의 하나로, 태닝 로션이나 자외선 차단제, 파운데이션 등에 쓰인다.

바셀린 차단용 보호막으로 피부에 수분을 묶어 두는 역할을 한다. 콜드 크림이나 그 밖의 여러 화장품을 만드는 데 사용된다.

폴리소르베이트(Polysorbates) 오일과 물이 분리되는 것을 막아 준다. 로션이나 방취제(deodorant), 그리고 아기용품 등에 많이 사용된다.

프로필렌 글리콜(Propylene Glycol) 피부가 수분을 유지하도록 돕는 습윤제의 역할을 한다.

소르비톨(Sorbitol) 피부를 부드럽게 하고 수분의 손실을 막는다.

스테아르산(Stearic Acid) 지방산의 일종으로, 글리세린과 결합하면 휴멕턴트의 역할을 하기도 한다.

해바라기씨 오일 피부 밖으로의 수분 유출을 막아 준다.

트리에탄올아민 스테아르산염(Triethanolamine Stearate) 클렌징 크림 내에서 오일과 수분을 유화(乳化)시키는 역할을 한다.

목에 좀더 세심한 주의를 !!!

목은 얼굴 다음으로 시선이 가는 곳이기 때문에 얼굴만큼이나 세심한 관리가 필요하다. 게다가 나이를 먹는다는 신호를 가장 먼저 알리는 부분 또한 이 '목' 이라는 사실을 염두에 두길!

10. 피부 트러블을 산뜻하게 해결하기

이것은 가장 바깥에 위치한 피부 표피층 바로 밑에 생기는 것으로, 피지로 채워진 조그마한 주머니들을 말한다. 이들은 주로 눈 밑이나 뺨의 윗부분에 많이 생긴다. 원인을 살펴보면 안경이나 선글라스의 착용이 될 수도 있는데, 이는 안경테 밑으로 땀이 흐르거나 고이기 때문이다. 만약 이와 같은 경우라면, 가끔씩 식기세척제 등으로 안경테를 닦아 주는 것이 좋다. 다른 하나는, 현재 사용하고 있는 아이크림을 체크해 보아야 한다. 만약 아이크림에 문제가 있다면 오일 프리 아이크림으로 대체하여 빠른 효과를 볼 수도 있다.

눈 주위의 피부는 가장 얇을 뿐더러 가장 민감한 부위다. 비타민 E 캡슐을 터뜨려 1.5티스푼의 모이스처라이저(이때에는 아이크림을 섞는 것이 좋다)와 함께 섞는다. 그런 다음 눈 밑에 두드리듯 발라 준다. 단, 잡아당기거나 문지르는 등 심한 자극을 주는 것은 금물이다.

여기저기 간지럽고 벗겨지기 쉬운 피부에는

가능하다면 목욕 물에 오일을 첨가해 본다. 목욕 후에는 몸 전체를 살살 두드리면서 물기를 말리고, 물기가 완전히 마르기 전인 촉촉하고 흡수성이 있는 상태에서 바디 크림을 듬뿍 발라 준다.

통통 부은 눈에는

✓ 금속 숟가락을 흐르는 찬물에 대고 얼마간 둔다. 차가워진 숟가락을 부은 눈에 가져다 대고 1분 이상 그대로 올려 둔다.

✓ 얇게 썬 오이를 눈두덩이 위에 올려놓으면 따끔거림을 없애 주고 또 붓기도 가라앉혀 준다.

✓ 요구르트 안에 감자 몇 조각을 얇게 썰어 넣은 후, 이를 10분 동안 눈 위에 올려 둔다.

✓ 홍차 티백을 찬물에 담가두었다가 꺼내어 양쪽 눈 위에 약 10분간 올려 두면, 수분을 적절히 배출하지 못해 통통 부은 눈의 붓기를 가라앉혀 준다. 수분의 배출을 원활히 하기 위해 눈 안쪽에서부터 바깥쪽 눈꼬리 부분까지를 부드럽게 눌러 주도록 한다.

✓ 짠 음식의 섭취는 삼가자. 이는 신체 내에, 특히 눈가 부분에 수분기를 모여 들게 해 통통 부은 눈을 만든다.

✓ 수면시 머리를 높이 두어, 눈 주위에 수분이 모이는 것을 방지하자.

거무스름한 눈 밑에는

생감자에는 눈가의 검은 부분을 효과적으로 치료해 주는 칼륨 성분이 함유되어 있다. 바닥에 누워 얇게 썬 생감자를 눈 밑에 올려놓고, 잘 스며들도록 하자. 또 저렴한 티백(tea bag, 허브 종류는 피하자)에 들어 있는 타닌산을 이용하여 눈 밑의 검은 기운을 없앨 수도 있다. 내용물이 있는 티백을 눈 밑에 올려 두자. 이때, 물이 얼굴로 흘러내리지 않도록 사용 전에 티백을 살짝 짜도록 한다. 티백이 너무 따뜻하면 눈을 붓게 만들 수도 있으므로, 적당히 식은 후에 사용하도록 하자. 또 다른 방법으로는 탈지면을 장미수에 담갔다 빼내어 눈 주변에 10분간 올려두는 것이다.

얼굴에 홍조가 오래갈 때에는

홍조가 지나치게 오래 갔던 경험이 없었는지? 얼굴 중앙에 붉은 기운이 오랫동안 사라지지 않았던 적은? 이런 경우, 작은 여드름 등 좌창의 한 종류로 생각할 수 있지만 이는 주사일 가능성이 높다. 주사는 얼굴을 빨갛게 만들고 붓게 하는 피부병의 일종이다.

이것만은 피하자　뜨거운 음료, 매운 음식, 태양어의 노출, 극한 기온에의 노출, 심한 온도 변화, 얼굴 문지르기

이것으로 치료하자　알로에 베라 젤, 비듬용 샴푸(희석하지 않은 그대로 원하는 부위에 직접 사용한다), 식물성 기름 1/4컵에 말린 바질 이파리 1테이블스푼을 넣어 섞은 것

마른버짐에는

피부가 비늘처럼 떨어지면서 발갛게 일어나는 피부병의 일종으로, 무릎이나 팔꿈치, 손, 두피 등에 나타난다. 마른버짐에는 콜타르 연고를 사용하는 것이 일반적이나, 몇몇 병원들을 포함하여 많은 이들이 식물성 쇼트닝을 이용하여 큰 효과를 보았다고 한다.

운동 후 생긴 발진에는

모이스처라이저나 메이크업은 땀샘과 모공을 막기 때문에 운동할 때에는 맨 얼굴로 하는 것이 최상이다. 발진은 때때로 등이나 가슴에 땀띠처럼 나타나기도 하는데, 땀을 흡수하지 않는 나일론 같은 합성섬유가 원인이 되기도 한다. 가급적이면 합성섬유로 된 운동복은 피하고, 대신 통풍성이 좋은 면 혼방 제품을 입도록 한다. 운동을 하고 난 뒤에는 반드시 샤워를 하며, 이때 항균성 비누를 사용하는 것을 잊지 말자.

넓어진 모공에는

정제하지 않은 설탕 1봉지에 레몬을 충분히 넣어 끈기가 생기도록 한다. 이를 모공이 넓어지기 쉬운 코나 턱 부분에 문질러 준다. 정제 전의 설탕은 불순물이나 죽은 피부세포가 떨어지기 쉽도록 만들어 주는 천연 글리콜산(glycolic acid)의 역할을 한다. 최근 유행하는 모공 수축술은 일시적으로 모공을 작아 보이게 만들기는 하지만 근본적인 치료법이라고는 볼 수 없다.

기미와 주근깨에는

피부가 태양에 노출될 때마다 자외선 차단제를 발라 주어 현재 있는 기미, 주근깨의 악화를 막고, 새롭게 생기는 것을 예방하도록 하자. 현재 있는 기미를 감추기 위해서는 붕산 가루(약국에서 구입이 가능하다)와 레몬을 섞은 혼합물을 이용하자. 이를 원하는 부위에 마사지한 다음, 깨끗하게 헹구어 낸다. 민감성 피부라면 붕산 가루를 레몬 대신 물과 섞어 사용하도록 한다.

면도로 인해 생긴 발진에는

면도나 제모로 인해 피부가 따갑거나 가렵다면 졲은 캐모밀 티백을 식혀 염증이 생긴 부위에 올려놓아 진정시킨다. 캐모밀은 염증이나 박테리아에 대한 항균성을 갖고 있으며, 고통을 완화시키는 진통제의 역할을 해준다. 염증 부위가 넓을 경우에는 아주 진하게 우려낸 차가운 캐모밀 티에 거즈를 담가 습포제를 만들어 대도록 한다.

가벼운 타박상이나 멍 자국에는

시퍼런 멍 자국을 보다 빨리 없애기 위해서는 비타민 K나 아르니카 팅크(아르니카는 국화과의 여러해살이 풀을 말하고, 팅크는 생약이나 약품을 에테르에 담가 녹이거나 우린 액체를 말한다. 따라서 아르니카 팅크는 아르니카를 알코올이나 에테르에 담가 우린 액체를 말한다 — 역자주)를 이용하는 것이 좋다. 두 가지 모두 크림 또는 정제약의 형태로 구입이 가능하다.

허벅지에 난 뾰루지에는

허벅지가 서로 닿아 생기는 마찰을 비롯해 타이트한 바지나 스타킹 등은 모두 허벅지에 여드름과 비슷한 불긋불긋한 뾰루지를 돋게 하는 요인이라 할 수 있다. 운동을 한 직후에는 반드시 샤워를 하고 면으로 된 옷을 입도록 하며, 나머지는 얼굴에 난 여드름을 치료하는 방법(38쪽과 39쪽 참조)과 동일한 치료법을 이용하면 되겠다.

화상을 입은 피부에는

으깬 얼음을 얇은 타월에 싸서 화상 부위에 약 15분간 올려 둔다. 얼음은 혈관을 수축시켜 부종이나 염증을 가라앉혀 준다. 다른 방법으로는 화상 부위를 우유에 담그는 것이다. 유분이 많이 함유된 우유일수록 효과는 더욱 좋다. 화상 부위가 넓을 경우에는 거즈나 천을 우유에 담갔다가 사용한다.

토너를 얼굴 전체에 사용해도 좋나요?

토너는 코나 턱 부근에만 집중되는 것이 좋으며, 눈가에는 바르지 않도록 한다. 눈의 메이크업을 지우고 싶을 때에는 물을 이용하도록 한다.

모이스처라이저를 바를 때 보다 효과적인 방법은 없나요?

피부가 처지거나 늘어지는 것을 방지하기 위해서는 가벼운 손놀림으로 두드리듯 바른다. 방향은 어느 쪽이 되어도 무방하다.

기초 화장품을 바르는 순서를 가르쳐 주세요?

기초 화장품을 바르는 순서는 '스킨 → 로션 → 크림' 순서로 발라 준다. 만약 에센스를 첨가하고 싶다면 '스킨 → 로션 → 에센스 → 크림' 순으로 발라 주면 된다. 피부병 치료제나 트리트먼트 제품 등을 이용하고 있다면 언제나 모이스처라이저(기초 화장품)를 바르기 전에 이용하도록 하자. 모이스처라이저는 보호막을 형성, 다른 제품들이 피부로 스며드는 것을 막아 주기 대문이다.

세안을 할 때 가장 적당한 온도는 어떻게 되나요?

약간 차가운 듯한 온도의 물이 최적이다. 아주 뜨거운 물은 피부를 자극하거나 피부에 포함된 수분을 없애기 쉬우며, 반면 지나치게 차가운 온도의 물은 남아 있는 클렌징 크림을 깨끗하게 지워내기 어렵다. 클렌저란 피부로부터 먼지나 노폐물을 밀어내는 역할을 할 뿐이며, 그것을 제거하는 것은 물 세안이므로, 세안의 중요성은 굳이 말하지 않아도 알 수 있을 것이다.

꺼칠꺼칠한 팔꿈치를 부드럽게 만들 수는 없나요?

안타깝게도, 팔꿈치에는 다른 신체 부분들보다 완충 물질이 적게 들어 있어 쉽게 꺼칠꺼칠해진다. 이런 경우에는 다음의 트리트먼트 법을 이용해 보자. 잘 익은 파파야 한 국자와 옥수수 가루 1/2컵을 짓이겨 섞는다. 파파야를 푸는 데 사용했던 국자에 이 혼합물을 넣은 다음, 팔꿈치를 그 안에 넣고 10분간 가만히 둔다. 그 다음에, 부드러운 브러시에 이 혼합물을 묻혀 가면서 팔꿈치를 문질러 준다. 파파야에 들어 있는 천연 효소가 죽은 피부 세포를 헐겁게 만들어 주며, 옥수수 가루는 그것들을 벗겨 내는 역할을 해준다.

제 3 장

부드럽고 예쁜 손, 멋진 발 만들기

1. 손과 손톱 다듬기

손과 손톱이란 가장 눈에 띠기 쉬운 부분이면서, 동시에 다른 신체 부위에 비해 상대적으로 가장 많이 혹사를 당하는 부분이기도 하다. 하루의 시작과 함께 취침에 들기 전까지 손은 쉴새 없이 움직이며 일을 하고 있다. 따라서 손에도 얼굴에 기울이는 정성만큼의 신경을 써야 한다.

손에 보다 많은 신경을

손 상태가 나쁘다면 제아무리 멋진 색의 매니큐어를 바른다 한들 무슨 소용이랴?

1. 물에 닿은 후에는 손을 완전히 말려 준다.
2. 조금이라도 손에 손상이 갈 위험이 있다면 언제나 장갑을 끼도록 한다.
3. 매일 각질을 제거하고 수분을 제공하는 것을 잊지 않도록 한다.
4. 극심한 온도 변화를 피한다.

5. 매일 손가락 마디마디를 움직이고 마사지해 준다.

손쉬운 핸드 트리트먼트

✓ 천일염과 레몬으로 만든 용액으로 죽은 피부세포를 벗겨내 보자. 부드러운 브러시에 이 용액을 묻혀 손을 문질러 준다. 일주일에 두 번 정도 이렇게 하면 손이 부드러워지고 얼룩이나 변색을 없앨 수 있다.

✓ 따뜻한 물로 손을 열심히 닦은 다음, 바싹 마른 수건을 이용하여 힘있게 문질러 준다. 피부가 약간 촉촉한 기운을 띠고 있을 때, 벌꿀과 올리브 오일을 각각 1티스푼씩 섞어 손 전체에 발라 준다. 그런 뒤 두 손을 작은 비닐 봉지로 싸고, 그 위에 면 장갑을 낀다. 그 상태로 약 30분 정도 둔다. 거기에서 발생하는 열이 트리트먼트의 효과를 극대화시킨다.

우유를 이용한 트리트먼트

전자레인지에 우유 한 잔을 넣고 약 30초 간(혹은 손을 넣어도 뜨겁지 않을 만큼) 데운다. 그 안에 손을 약 5분 정도 담근다. 우유에는 유산이 있어 이렇게 하면 부러지기 쉬운 손톱에 단단한 기운을 더하고, 손등 등의 피부에는 수분을 충분히 제공해 준다.

큐티클 손질법

진한 캐모밀 차 속에 손톱의 큐티클(손톱 뿌리 둘레의 굳은 살) 부분을 담근다. 캐모밀은 자극을 받거나 발갛게 된 피부를 진정시키고 염증을 없애 주는 역할을 한다.

　파인애플 즙 2티스푼과 달걀 노른자 하나, 그리고 사과 식초 1/2티스푼을 넣어 섞은 용액에 20분간 손톱을 담갔다가 매니큐어용 오렌지 우드 스틱(오렌지 나무로 만든 막대로, 감피를 불린 후 가장자리를 손질하는 데 쓰인다)으로 큐티클을 밀어내 정돈하자. 또 무취(無臭)의 피마-자유와 투명 요오드 용액을 반씩 섞어 밤마다 큐티클 위를 문질러 주자.

큐티클을 정돈할 때 주의할 점은

1. 시중에 나온 큐티클 제거제는 상당히 독하니 사용을 삼가자.
2. 큐티클을 단순히 잘라내는 일은 피한다. 감염의 요인이 될 수 있다.

5단계 매니큐어법

1. 아세톤 리무버를 이용하여 예전에 칠해 둔 매니큐어를 깨끗이 지운다. 손톱 색이 바랬거나 변했다면, 탈지면에 과산화수소를 묻혀 손톱 위를 잘 문질러 준다. 그 상태로 3분간 두었다가 닦아낸다.

> ▲ **잠깐만!!!**　표백을 위해서는 과산화수소 대신 집에서 쓰는 표백제를 이용해도 좋다.

2. 손톱과 큐티클 부위에 올리브 오일을 마사지하듯 발라 준다.

> ▲ **잠깐만!!!**　매니큐어 색이 오래 지속되게 하려면 탈지면이나 면봉을 아스트린젠트에 담갔다가 손톱 위에 묻힌 후 그대로 말려 주면 된다.

3. 손톱 끝을 일자로 줄질하고 양끝을 둥글게 손질한다. 매니큐어가 잘 칠
   해지도록 부드러운 가죽으로 각 손톱의 표면을 약 20초씩 문질러 준다.
4. 베이스 코트를 한 겹 얇게 입힌 후 그대로 말린다.
5. 그 위에 탑코트 기능이 있는 매니큐어액을 한번 더 얇게 덧칠해 준다.

손가락을 보다 길게 보이게 하려면

손톱을 조금만 손보면 손가락이 훨씬 가늘고 길어 보이게 만들 수 있다.
베이지 톤이나 핑크 톤의 밝은색 매니큐어로 바꾸어 사용하면, 이것이 피부
색과 비슷해 손의 일부 같은 느낌을 주어 손가락을 보다 길어 보이게 한다.
   손톱이 짧은 사람은 손톱의 중앙 부분에만 매니큐어를 칠해 주면 손가락
이 길어 보이는 효과를 낼 수가 있다. 손톱의 나머지 부분은 칠하지 말고 그
대로 두면 된다.

매니큐어액은 절대 차갑게 보관하지 말 것!

매니큐어액을 냉장고에 넣어 두면 칠했을 때 오래가지
못할 뿐 아니라 액 자체가 건조해져 사용하지 못하게 된다.

2. 손톱에 관련된 문제점과 해결법

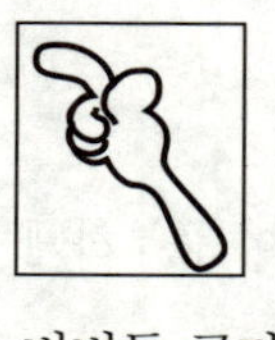

매니큐어를 칠할 때 생기는 작은 거품자국에는

손톱을 칠할 때 거품이 생기는 것을 막으려면 매니큐어 병을 좌우로 흔들지 말고, 병을 거꾸로 세워 양 손바닥 사이에 끼워 비비듯 굴리자.

쉽게 부러지는 손톱에는

포름알데히드를 함유한 손톱 관련 제품의 사용을 피하고, 다음에 나오는 내용물이 들어 있는 제품을 이용하는 것이 좋다.

단백질 손톱의 표피를 단단하게 지탱해 주는 역할을 해 손톱이 벗겨지는 것을 방지한다.

칼슘 아주 얇은 손톱에 보호막을 제공해 준다.

테플론　물과 여러 가지 화학성분으로부터 손톱을 보호하는 방패막 역할을 한다.

연약한 손톱에는

손톱을 부드러운 가죽으로 문질러 주는 것은 튼튼한 손톱을 만들기 위해 매니큐어 전문가들도 애용하는 방법 가운데 하나이다. 마사지 동작은 손톱을 부드럽게 만들고 윤기를 더할 뿐 아니라 세포들의 혈액순환을 촉진시켜 손톱이 잘 자라도록 도와 준다.

손톱 위에 생긴 흰 반점(얼룩)에는

식단에 아연 첨가물을 보충하거나 달걀이나 우유, 간 등 아연이 풍부하게 들어 있는 식품을 많이 섭취하도록 하자.

손톱에 생기는 곰팡이에는

손톱이 평소보다 두꺼워지거나 색깔이 변했다면 곰팡이가 생긴 것은 아닌지 살펴보자. 이럴 때에는 벤잘코늄 염화물을 함유한 항진균성 제품을 이용하도록 하자.

> **잠깐만!!!**　색이 변한 손톱에는 면봉에 식초를 적셔 60초 동안 손톱 위를 꾹 누른다.

쉽게 갈라지는 매니큐어에는

손톱이 건조하고 푸석거리면 그 위에 바른 매니큐어가 쉽게 갈라지게 된
다. 이는 손톱에 탄력이 부족하기 때문이다. 바른 매니큐어 위에 올리브 오
일로 매일 마사지해 주면 이를 방지할 수 있다.

> **잠깐만!!!** 갈라진 손톱은 줄을 이용해 손톱 표면
> 과 가장자리를 매끄럽게 정리한 다음, 갈라진 부분
> 에만 매니큐어액을 먼저 발라 준다. 이것이 다 마르
> 면 손톱 전체에 다시 한 번 발라 준다.

껍질이 쉽게 벗겨지는 손톱에는

이는 강한 화학물질이나 세제에 손톱이 자주 노출되기 때문에 생기는 일
일 가능성이 높다. 이런 경우에는 되도록 아세톤이 든 리무버 등의 사용을
피하고, 매일 비타민 E 오일로 마사지해 주자.

3. 멋진 발! 자신 있게 내딛는 걸음

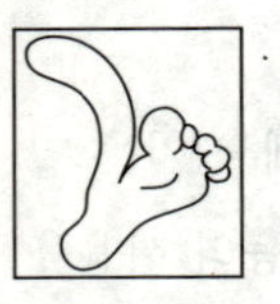 발을 잘 관리하는 일은 비싼 화장품을 쓰는 것보다 몇 배나 더 중요한 일이다. 신체의 그 어떤 부위 어디보다도 '발'을 가장 많이 혹사시킨다는 사실에 대해 깊이 생각해 본 적은 있는지? 매일매일 높고 뾰족한 굽의 힐에 억지로 밀어 넣거나 하루 평균 8,000보 이상의 걸음을 걷는 등, 우리의 발은 현재 큰 학대를 당하고 있는 셈이다. 자, 지금부터 최소한의 시간과 노력으로 이렇듯 고생하는 발들에게 경쾌한 걸음을 되찾아 주자.

발에 관한 몇 가지 진실들

✓ 전체 여성의 90% 이상이 자신의 발 크기보다 하나나 둘 정도 작은 크기의 구두를 신고 있다.

✓ 우리의 발은 피부가 건조해지는 것을 막아 주는 기름 성분을 전혀 분비하지 않는다.

✓ 걸음을 한 걸음씩 내딛을 때마다, 발에는 몸무게의 약 세 배에 가까운

압력이 가해지고 있다.

✔ 우리가 활동하는 시간 동안, 공기가 잘 통하지 않는 신발 속의 평균 온
도는 최고 화씨 106도(섭씨 약 41도)까지 올라간다.

잠자는 동안의 발 관리는

거친 부분에 특히 신경을 쓰면서 바셀린을 발 전체에 마사지하듯 발라 준
다. 이 위에 운동용 양말을 덧신고 잠자리에 든다. 다음날 아침이면 몰라보
게 부드러워진 발을 발견할 수 있을 것이다.

물집을 방지하려면

신발 안쪽에 닿거나 치이는 발의 한 부분들을 전부 바셀린으로 마사지해
준다. 이는 심한 마찰이나 물집으로 인한 아픔을 방지해 줄 것이다. 무엇보
다 천연가죽으로 된 구두는 발이 '숨을 쉴 수 있도록' 해 주기 때문에 인조
가죽으로 인한 열 발생과 마찰로 생기는 물집을 방지할 수 있다. 더불어 스
타킹에 줄이 가는 일 또한 줄어드니 일석이조!

보다 편안한 발을 위해

다음의 비법(!)들은 발의 긴장을 풀어 줄 뿐 아니라 피곤에 찌든 발의 회
복을 도와 편안하게 만들어 준다.

✔ 로션을 발과 발목에 오랫동안 두드리듯 골고루 발라 준다. 두 손으로 한
쪽 발을 잡은 후, 엄지손가락을 이용해 각 발가락의 윗부분과 발등, 그

리고 발목을 부드럽고 힘있게 눌러 주도록 한다. 발뒤꿈치는 특히 더 세게 문지르듯 눌러 주자.

✓ 발가락을 이용해 나무 토막이나 작은 공 등 물건들을 들어올리는 연습을 해보자. 발가락으로 물건을 집어들어 그 상태 그대로 천천히 열까지 숫자를 센다. 이를 여러 번 반복해 준다.

✓ 오른발 발가락 전체에 힘을 주어 쫙 뻗어 펼친 후, 깍지를 끼듯 왼손의 손가락들을 그 발가락 사이에 엇갈려 끼운다. 왼발에도 같은 동작을 해 준다.

4. 발 운동은 이렇게

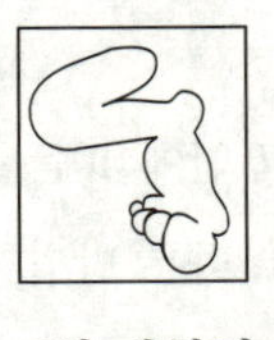

양 엄지발가락 사이에 두꺼운 고무 밴드를 두르고 서로 반대편을 향해 힘껏 당긴다. 이 상태로 5초 동안 그대로 멈춘다. 이를 5회 반복한다. 이 운동은 꽉 끼거나 뾰족한 구두를 신어 생기는 발의 경련을 풀어 주는 데 좋다.

공 굴리기

발 밑의 둥근 부분에 골프공 크기의 공을 놓고 약 2분간 굴려 본다. 발에 경련이 일거나 높은 힐 때문에 발이 아플 때, 또는 발을 약간 삐었을 때 효과적이다.

발에 에너지를 제공하자

✓ 발 씻는 대야에 아주 따뜻한 물을 채운다. 여기에 티트리 오일과 페퍼민

트액을 각각 세 방울씩 떨어뜨린다. 이 대야에 약 15분간 또는 물이 식을 때까지 발을 담가 둔다. 그런 다음, 수건으로 대충 물기만 닦아낸다.

 천일염 1/2컵과 파인애플 주스 1/4컵, 그리고 알로에 베라 젤 1/4컵을 섞는다. 발을 깨끗이 씻은 후, 빳빳한 미용 브러시에 섞은 것을 묻혀 가며 문질러 준 다음 헹구어 낸다.

> **잠깐만!!!** 발에만 사용하는 브러시가 따로 없다면 흔히 쓰는 거친 때수건을 이용해도 좋다.

보다 청결한 발을

대야에 담긴 물에 뚜껑 세 컵 분량의 구강청정제를 붓는다. 그 안에 10분간 발을 담갔다가 물기를 말린 후, 발바닥에 파우더를 바른다. 또 다른 방법으로는 발씻는 대야에 따뜻한 물을 담고 식초 1/2컵을 첨가한다. 물이 식을 때까지 (최소 10분간) 여기에 발을 담가 두도록 한다.

> **잠깐만!!!** **발 냄새를 없애 주는 파우더 만들기**
> 생강 가루 1테이블스푼과 옥수수 녹말 1테이블스푼을 작은 그릇에 넣고 섞는다. 그런 다음 깨끗하게 씻어 말린 발 위에 이 혼합물을 볼터치용 커다란 브러시를 이용해 발라 준다. 생강은 항균력을 제공하며, 옥수수 녹말은 냄새의 흡수에 뛰어난 효과를 보인다.

발을 아주 부드럽게 만들어 주는 파라핀 왁스 치료법은 미용관리샵에서 매우 비싼 가격대에 제공되는 서비스 가운데 하나다.

1. 막대기 모양으로 된 파라핀 왁스(의료기기 판매점이나 홈쇼핑에서 구할 수 있다. 단, 파라핀 왁스를 사용하는 기계와 함께 판매하니 유의하기 바란다) 4덩이를 전자레인지에 넣어 녹인다.

2. 발에 모이스처라이저로 충분히 마사지해 둔다.

3. 발을 따뜻해진 파라핀 속에 담갔다 빼내어 발에 입혀진 파라핀 겹이 마르면 다시 집어넣는다. 이를 세 번 반복한다.

4. 발에 수분이 잘 흡수되도록 하기 위해 양발을 비닐 랩으로 꽉 조일 만큼 세게 감아 공기가 통하지 않도록 해준다.

5. 그 상태로 20여 분간 둔다.

6. 랩을 제거하고 굳은 파라핀을 걷어낸다.

윗발관리법

5. 발에 관련된 문제점과 해결법

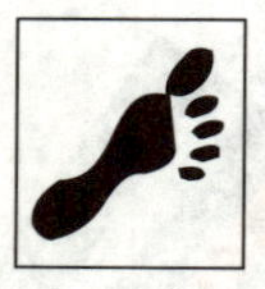

발 냄새는 이렇게

구두나 양말을 벗게 되었을 때 갑작스레 풍기는 발 냄새! 이 당황스러운 상황을 모면하기 위해서 값비싼 약품까지 동원할 필요는 없다. 진하게 우린 차(허브 차 제외) 속에 발을 담가 두자. 티 속에 함유된 타닌산이 발 냄새를 말끔히 제거해 줄 것이다.

붓기가 오른 발에는

구두를 벗어 던져 지치고 부은 발을 쉬게 하는 일 이외에도, 잠자리에 들 때 발의 위치를 높이 두는 방법을 이용하자. 그리고 수분의 배출을 막는 나트륨이 많이 함유된 짠 음식은 삼가자.

물집을 없애려면

면봉을 이용해 항생제를 바른 후, 그 위에 반창고를 붙여 둔다.

발톱이 살 안쪽으로 파고들 때에는

먼저 신발을 체크해 발톱 주변이 너무 꽉 조이지는 않은지, 발톱이 곧게 자랄 수 있도록 길들이기 위해 오렌지 우드 스틱을 이용해 발톱 옆을 감싼 딱딱한 피부를 조심스럽게 밀어 준다. 그런 다음, 면봉이나 거즈를 발톱과 피부 사이로 부드럽게 밀어 넣는다.

티눈이나 굳은살이 박힌 발에는

발의 일정 부분에 지속적인 압력이나 마찰을 가할 경우, 그 부분에는 티눈이나 굳은살이 생기기 쉽다. 구두나 운동화를 신었을 때 압력이 가해지는 점이 어디인지를 체크해 이를 미리 방지하자. 만약에 티눈이 생겼다면, 티눈의 층을 벗겨 내는 역할을 하는 티눈 고를 덧대어 이를 제거하도록 하자.

제4장

건강한 미인이 되자

1. 진정한 미인은 집에서부터 만들어진다

의상을 입거나 화장을 하기 전, 우리는 이미 미(美)에 있어 가장 중요한 단계에 들어서게 된다. 따라서 여성이라면 누구나 미를 위한 자신만의 전용 공간을 가지고 있어야 한다. 이는 특별한 휴가 없이도 자신만의 휴식을 즐길 수 있는 편안한 공간으로서, 매일 자신의 모습을 아름답게 가꾸어 나갈 뿐 아니라 재충전의 공간이 되어 줄 것이다. 이 장에서 소개되는 여러 가지 비법들을 살펴본 후, 자신에게 맞는 것을 골라 일상화시켜 보자.

근심걱정을 물 속에 녹여 버리자

매일 밤, 단 10분이라도 좋으니 따뜻한 욕조 물에서 편안한 시간을 보내도록 하자. 목욕은 하루 동안 쌓인 스트레스(불행히도 이는 얼굴에 그대로 나타나는 수가 많다)를 풀어 주고 긴장된 근육을 완화시켜 주며, 때로는 우울증조차 어느 정도 덜어 준다. 공짜에다 노력이나 시간도 많이 필요하지 않으니 얼마나 손쉬운 방법인가!

목욕? 샤워? 가능하다면, 아침에 허겁지겁 하는 샤워보다는 저녁시간을 이용해 욕조 안에서 편안하게 할 수 있는 목욕 쪽을 택하라. 여기에 향기 나는 촛불을 몇 개 켜 두고, 감미로운 음악을 살짝 틀어 놓는다면 편안한 분위기를 조성하는 데는 금상첨화일 것이다.

목욕의 이로운 점은 전신을 마사지하는 듯한 편안한 목욕은 생리통을 경감시켜 준다. 욕조 목욕은 신경 쇠약이나 우울증의 정도를 낮춰 주고 숙면을 돕는 데 탁월한 효과가 있다.

목욕물의 적당 온도는 욕조 안의 물은 너무 뜨겁지 않은, 따뜻하고 편안한 온도여야 한다. 보통 뜨거운 물에서 하는 목욕을 더 효과적으로 생각하는 사람들이 많으나, 지나치게 뜨거운 물은 에너지의 재충전보다는 오히려 기력을 소진시키고 또한 피부를 건조시킬 위험성이 크다.

2. 목욕을 이용한 건강치료

욕조에 들어가기 전에는

천일염 2티스푼과 식초 1티스푼을 잘 혼합한다. 샤워 전, 건조한 다리에 마사지해 준다.

피부 피로를 풀려면

향이 강한 캐모밀 티를 세 컵 진하게 우려낸 후 욕조 물에 넣는다. 캐모밀은 긴장을 완화시키고 지친 피부를 진정시켜 준다.

지성 피부에는

레몬이나 오렌지, 그레이프프루트와 같은 신 과일을 몇 가지 섞어 목욕물에 넣는다. 이 과일들에 함유된 구연산은 박테리아를 없애고, 불순물을 제거하며 과도하게 분비되는 지방 성분을 건조시키는 역할을 한다. 이는 과일의 향을 이용한 목욕이라는 점과 함께, 너무 익은 과일들을 유용하게 처리할 수 있어 더욱 좋은 목욕법이라 할 수 있다.

건성 피부에는

목욕물에 베이킹 소다를 넣어 피부에 보습효과를 더한다. 또 다른 방법으로는 흐르는 물에 장미유 10방울을 떨어뜨리는 것으로 건조한 피부를 이겨내는 것이다. 약간 더 욕심을 낸다면 장미잎을 몇 개 띄우는 것도 좋다. 장미유는 피부에 보습효과를 주고 향기도 만점인 목욕 용품이다.

> **잠깐만!!!** 오일과 물이란 원래 잘 섞이지 않는 것으로 유명하다. 따라서 서로 잘 용해되게끔 돕기 위해 우유를 약간 넣어 주는 것이 좋다.

부드러운 피부를 만들려면

✓ 가공하지 않은 생 오트밀 세 컵과 밀겨 두 컵, 알로에 베라 젤 1/4컵을 한데 섞는다. 결 있는 무명천이나 무릎 길이의 나일론 스타킹에 한 스푼 분량을 담아 묶는다. 그런 다음, 목욕할 때 욕조 안에 넣는다. 한참 담가 둔 후에 이것으로 온몸을 문질러 주면 좋다.

✓ 인삼차 티백 10개를 큰 주전자에 끓여 우려낸 후, 이를 목욕물에 붓는다. 인삼은 피부를 부드럽게 하고 피부색을 맑게 해줄 뿐만 아니라, 노화를 방지해 준다.

피부 각질 제거에는

흐르는 물에 분유를 부어 준다. 우유에 들어 있는 유산(乳酸)이 죽은 피부 세포를 제거해 주어 아기처럼 부드러운 피부를 선사해 줄 것이다.

✔ 따뜻한 목욕물에 천연 바닐라 엑기스 1/4컵을 첨가한다. 바닐라 향은 정
신을 맑게 하고 원기를 회복시키는 능력이 있다.

✔ 신지 않는 스타킹 속에 한 주먹 분량의 솔잎을 넣는다. 그런 다음, 욕조
의 수도꼭지에 이를 매달아 흐르는 물에 솔잎 향이 스며들도록 하자.

인삼가루와 마른 겨자를 각각 2테이블스푼씩 넣어 섞은 것을 목욕할 때
욕조 안에 넣는다. 생리시의 붓기나 불편한 기분에 최고의 치료제가 될 것
이다.

라벤더 오일 1티스푼에 말린 라벤더 2티스푼을 섞어 가득 찬 욕조 물 속에
넣어 준다. 라벤더의 편안한 향이 밤사이 깊그 달콤한 잠을 잘 수 있도록 도
와 줄 것이다.

베이킹 소다 450g과 천일염 225g을 혼합한 후, 따뜻한 욕조 물에 섞어 준
다. 욕조 물이 식을 때까지 몸을 담그고 있자. 이 방법은 피부를 진정시킬
뿐 아니라 피부의 노폐물들을 깨끗이 제거해 준다.

> **잠깐만!!!**   소금은 욕조 물의 따뜻한 기운이 좀더
> 오래 지속되도록 돕는다. 소금은 쿨에서 공기 중으
> 로의 열의 전도를 더디게 만들어 주는 역할을 한다.

3. 샤워를 할 때에는 이렇게!

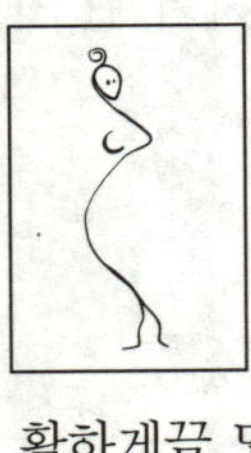 샤워를 하는 동안 식물성 브러시로 피부 전체를 마사지해 준다. 이때, 심장 쪽을 향해 원을 그리듯 위쪽으로 쓸어 올린다. 이 방법은 건조해진 피부를 벗겨내 주고 혈액순환과 배설작용을 원활하게끔 도와 준다.

근육을 풀어 주려면

어깨와 목 주위에 목욕용 오일을 얇게 바른다. 그런 다음, 커다란 수건을 어깨에 걸치듯 두르고 욕실로 들어가자. 수건이 흡수한 습한 열기가 오일이 스며드는 것을 도와 피부를 부드럽게 하고 수축된 근육을 완화시켜 줄 것이다.

배꼽 안을 깔끔하게 하려면

소독용 알코올에 담근 면봉으로 배꼽 안쪽을 깨끗이 닦아낸다.

셀룰라이트를 제거하려면

셀룰라이트를 제거하려면

가제 손수건에 장미유를 묻혀 셀룰라이트가 많이 축적된 부분을 문질러 준다. 이는 열과 증기를 이용한 천연 이뇨제 작용을 하여, 셀룰라이트의 주범이라 할 수 있는 과다한 수분과 불필요한 노폐물들을 없애는 역할을 한다.

4. 치아 관리는 이렇게

예전에 비해 요즘은 하얀 치아나 상쾌한 입 냄새, 또 건강한 잇몸을 갖기가 훨씬 쉬워졌다. 치아와 관련된 여러 종류의 연구들이 그 동안 커다란 발전을 해왔을 뿐 아니라, 지금도 이와 관련해서 새롭게 개발된 제품과 정보들이 계속해서 쏟아져 나오고 있기 때문이다.

나만의 치약을 만들자

시중에 나와 있는 치약들 가운데 몇몇 제품들은 사실 치아의 표백에 별 도움을 주지 못하고 있다. 또 미백효과를 지녔다고 선전하는 제품들 중에는 치아 표면의 에나멜을 마모시킬 위험이 있거나 충치 치료 후 박아 넣은 충전재(fillings)들이 빠지게 만드는 것들도 상당수에 이르므로 주의를 기울여야 한다. 따라서 마음놓고 사용할 수 있고, 미백효과 또한 뛰어난 치약 대용품을 간단하게 만들 수 있는 방법을 소개하고자 한다. 이 방법은 모델업계에서 즐겨 사용되어 온 숨겨진 비법이니 안심해도 좋다.

딸기 치약 딸기는 본래 부드러운 클렌징 및 표백 효과를 지니고 있어, 커피나 차로 인한 치아에 낀 때와 얼룩의 제거를 돕는다. 만드는 방법은 아주 간단하다. 딸기를 으깨어 그 과육 덩어리를 치아 위에 문질러 주기만 하면 끝.

과산화수소 과산화수소 1/2티스푼과 베이킹 소다 1티스푼을 잘 섞기만 하면 훌륭한 미백용 치약이 완성된다. 이 혼합물을 일주일에 한 번 정도 사용해 보자. 치아에 낀 음식 찌꺼기를 제거해 줄 뿐만 아니라, 치석을 줄이는 데 커다란 효과를 보여 준다. 단, 아주 민감한 치아를 가진 이들에게는 이 방법을 권하고 싶지 않다.

치아를 하얗게 만들어 주는 과일과 야채

음식에도 커피나 차, 레드 와인처럼 치아를 누렇게 만드는 것이 있는가 하면 마치 세정제와 같은 작용을 하는 음식들도 있다. 사과, 셀러리, 당근처럼 많이 씹어야 하는 음식들은 치아에 있어 자연산 미백제의 역할을 한다. 시금치나 상추, 브로콜리 등은 치아 표면에 보호막인 얇은 막을 형성시켜 음식 찌꺼기가 달라붙는 것을 방지한다.

혀를 깨끗이 닦자

이를 닦을 때, 혓바닥까지 모두 닦기 전에는 양치질을 완전히 끝낸 것이 아니라는 사실을 기억하자. 불쾌한 입 냄새를 유발하는 세균이나 병원체가 아직 혀에 남아 있기 때문이다. 그렇다고 시중에 나와 있는 값비싼 혀 세척제를 살 필요는 없다. 그저 평소에 쓰는 치약을 이용해 이를 닦는 것과 마찬

가지로 혀에도 똑같이 칫솔질을 하면 된다.

직접 만드는 구강청정제

차를 이용한 구강청정제　페퍼민트나 스피어민트 차를 끓여 진하게 우려 낸다. 천천히 음미하듯 차를 들이키며, 차를 입 안에 머금고 있는 동안은 혀를 이용해 이리저리 굴려 준다. 아니면 차를 그대로 식혀 평소 입 안을 헹궈 낼 때마다 사용하는 것도 좋다.

정향(丁香)을 이용한 구강청정제　물 1/4컵 안에 정향 1티스푼을 넣고 가열한다. 이를 식힌 후 입안을 헹구는 데 이용한다. 정향이 지니고 있는 향으로 입 속이 상쾌해질 것이다.

5. 셀룰라이트 제거하기

셀룰라이트로 고민하는 사람이 있다면, 그것은 혼자만의 문제가 아니라는 것을 먼저 말해 주고 싶다. 평균적으로 80%가 넘는 많은 여성들이 이로 인해 울퉁불퉁한 피부를 지니고 있다고 한다. 완전한 치료는 어렵다 해도 보기 싫은 셀룰라이트를 외관상으로나마 제거할 수 있는 효과적인 방법을 찾아 보자.

셀룰라이트(Cellulite)?

셀룰라이트란 여자의 둔부 등 피하에 생기는 과도한 지방, 물, 노폐물 등으로 이루어진 물질이다. 이는 사춘기를 보내는 동안 형성되기 시작하지만, 외관상으로는잘 나타나지 않는 경향이 있다.

레이저 초음파 지방분쇄(Endermologie)

이는 셀룰라이트로 인한 울퉁불퉁한 외관을 개선시키기 위한 마사지 및 흡입 시스템이다. 또한 셀룰라이트 치료법으로서는 유일하게 FDA(미국 식품의약품국)으로부터 인증받은 바 있다. 레이저 초음파 지방분쇄법은 지방세포를 파열시켜 납작하게 만들기 때문에 다시 부풀어오르거나 재생되지 못하게끔 한다. 또한 피부를 안쪽으로 끌어당겨 움푹 패이게 만드는 연결조직을 잡아당겨 펴 주는 역할을 하기도 한다.

카페인

최근 시중에서 파는 값비싼 셀룰라이트 크림들의 주성분이 바로 이 카페인이다. 카페인은 평소 우리의 정신을 자극해 활동적이게 만드는 것과 마찬가지로 우리의 지방 세포를 이동시키는 효과를 갖고 있다. 여기에 드는 돈을 절약하고 싶다면 당장 집에 있는 커피메이커 앞으로 달려가자. 이 안에 남아 있는 커피 찌꺼기를 가져다 셀룰라이트를 없애는 데 사용해 보자. 몇몇 모델들은 마치 의식을 치르듯 매일 아침 욕조 모서리에 앉아 그 아래에 신문지를 잔뜩 깔아놓고는 커피 찌꺼기를 이용해 몸 구석구석을 문지른다고 한다. 이 치료법은 커피 찌꺼기가 따뜻한 온도를 유지할 때 가장 탁월한 효과를 내는 만큼, 찌꺼기가 식었다면 전자레인지에서 다시 데워 사용하도록 하자. 샤워할 때 가제 손수건을 이용해 이를 힘있게 문질러 주면 된다.

6. 건강한 가슴을 위하여

열 명의 여성 가운데 여덟 명은 실제 가슴 사이즈보다 작은 사이즈의 브래지어를 착용하고 있다. 이는 대다수의 여성들이 가슴 사이즈를 어떻게 재는 것인지 정확히 모르고 있음을 말해 주고 있고, 반대로 전문가에게 질문하는 것을 부끄러워하고 있음을 보여 주고 있는 것이다. 몸에 맞지 않는 브래지어를 착용하는 것은 옷을 입었을 때의 전체적 라인을 망치거나 몸을 불편하게 만들 뿐 아니라, 가슴의 처짐이나 노화 등 몸매의 불균형을 가져 올 수 있으니 주의하자.

밑가슴둘레 측정하기 가슴의 바로 아랫부분을 줄자로 잰다. 치수가 5나 0으로 끝나지 않으면 가까운 쪽을 택한다. 예를 들어 82cm가 나왔으면 사이즈는 80인 셈이다.

컵 사이즈 측정하기 가슴의 가장 풍만한 부분을 기준으로 가슴둘레를 잰다. 이 숫자에서 밑가슴둘레를 빼 주면 된다. 단, 임신을 한 상태나 5Kg 이상 체중의 변화가 있는 경우에는 재측정을 하도록 한다.

5cm 내외 = AA

7.5cm 내외 = A

10cm 내외 = B

12.5cm 내외 = C

15cm 내외 = D

탄력 있는 가슴을 위해서는

가슴을 보다 탄력 있게 만들려면, 먼저 비타민 E 오일 1티스푼과 요구르트 1테이블스푼, 달걀 1개를 잘 섞어 준다. 이것을 가지고 가슴을 충분히 마사지해 준 다음, 사용하지 않는 헌 브래지어를 그 위에 착용한 채 20분 이상 그대로 두었다가 나중에 따뜻한 물로 씻어낸다.

7. 향기를 만드는 공식

좋은 향을 오래 지속시키려면

✔ 향을 겹겹이 덧입는 방법으로 시작해 보자. 우선 샤워시 향이 첨가된 샤워 젤을 이용하고, 그런 다음 촉촉이 젖어 있는 피부 위에 역시 향이 들어간 바디 로션을 발라 준다.

✔ 향수를 뿌릴 때에는 맥박점과 같이 피부 온도가 가장 높은 부분을 선택하도록 하자. 귀 바로 뒤쪽이나 손목, 또는 무릎 뒤 등, 이 부분에서 발생되는 열이 향을 보다 오랫동안 지속시켜 줄 것이다.

> **잠깐만!!!** 향수를 뿌리려는 부분에 바셀린을 약간 발라 두면 여기에 향이 접착되는 효과를 주어 향을 좀더 오랫동안 지속시킬 수가 있다.

좋은 향을 입히자

스타킹이나 란제리 같은 것을 손세탁할 때에는 마지막 헹구는 물에 향수를 몇 방울 떨어뜨려 주면 좋다.

바디 스프레이 1~2시간

샤워 젤 2시간

오 드 콜로뉴 3시간

오 드 뚜와레뜨 3~4시간

오 드 퍼퓸 4시간

바디 로션 4~5시간

바디 크림 시간

퍼퓸 6~8시간

✔ 방금 감은 머리에 오 드 퍼퓸이나 콜로뉴를 스프레이해 준다.

✔ 머리를 빗기 전에 향수를 브러시에 스프레이해 준다.

✔ 손바닥에 향수 몇 방울을 떨어뜨린 다음, 그 손으로 머리를 쓰다듬듯 쓸
  어 내린다.

진한 향보다 그 느낌 정도만을 가볍게 원하는 경우에는 공기 중에 스프레
이로 향을 분사한 후, 향 속으로 걸어 들어가는 듯한 느낌으로 그 아래에 잠
시 머물도록 하자.

✓ 건성 피부를 가진 사람이라면 향수를 상대적으로 많이 뿌리자. 향이 지속되기 위해서는 오일을 필요로 하기 때문이다.

✓ 추운 날씨에는 강한 향을 이용하자. 추위는 향의 강도를 약하게 만든다.

✓ 새로운 향수를 사고자 할 때에는 적어도 10분 이상 고민하자.

✓ 새로운 향수 제품을 구입하려거든 늦은 오후를 택하자. 이때야말로 후각이 가장 예민할 시간이다.

✓ 향수를 테스트할 때에는 자신의 피부에 바르거나 뿌리도록 하자. 사람마다 피부의 반응이나 화학작용이 다르기 때문에 반드시 해 보아야 한다.

✓ 자신이 지니고 있는 체취를 보완해 주는 향을 택하도록 하자.

✓ 향수는 샤워나 목욕을 하고 난 직후에 뿌리도록 하자. 이때에는 모공이 평소보다 많이 열려 있어 향을 더 잘 흡수한다.

✓ 향수를 뿌릴 부분에는 되도록 향기 나는 비누를 사용하지 말자. 향이 섞여 좋지 않다.

✓ 향수를 진주나 모조 보석류 가까이에 뿌리지 않도록 주의를 기울이자. 향수 속의 알코올 성분이 진주의 색을 누렇게 만들거나 보석의 코팅을 벗길 수 있다.

✓ 한 번에 두세 가지 이상의 향수를 테스트하지 않도록 한다. 후각 기능에 혼란을 가져올 수 있다.

✓ 기온이 향의 강도에 영향을 미치므로, 일년 내내 한 종류의 향수만을 사용하는 일은 지양토록 하자.

8. 보다 자신 있는 노출을 위해

 여름이 되면 해변가에 연인과 몸을 맞대고 함께 눕거나, 주변 사람들과 가까이 몸이나 얼굴을 밀착하게 되는 경우들이 많이 생기곤 한다. 다음에 소개되는 조언들은 상황에 따라 일어날 수 있는 모든 신체적인 불안들을 말끔히 해소시켜 줄 것이다.

미리 계획을 세우자

제모(특히 수영복 라인의 제모)나 왁싱, 각질 제거 등은 이틀 정도 앞서 처리해 피부의 불긋불긋한 기운을 없앨 시간을 확보하자.

피부 접촉을 방해하는 음식물

적어도 약속 24시간 전에는 가스의 배출을 유도하는 음식물들, 특히 콩류나 양배추 등은 피하도록 하라. 이런 음식물들은 소화에 많은 시간이 걸린다. 특히 양파, 마늘, 카레 등은 피하자.

　시중에 나와 있는 구강청정용 민트나 구강 청정액들은 오래가고 효과도 꽤 강한 편이다. 좀더 오랫동안 효과를 지속시키기 위해서는 염소산화물이나 티몰, 유칼리 나무 성분을 함유한 제품을 선택하도록 한다. 이들은 신체 내부에서 악취를 제거하는 역할을 한다.

긍정적인 면을 부각시키는 지혜를

남에게 보이고 싶은 부분을 자랑스럽게 드러내 보자. 그러면 남들의 시선 또한 자연히 보이고 싶지 않은 곳들을 지나쳐 강조하고자 하는 부분에 집중할 것이다. 만약, 내가 아주 예쁜 어깨와 처진 엉덩이를 가졌다면, 엉덩이 쪽보다는 어깨를 강조하는 옷을 입는 것이다. 남달리 늘씬한 다리를 가진 사람이라면 힐을 신고 자신 있게 걸어다니며 각선미를 자랑해 보자. 자, 지금 빨리 남들에게 자랑할 만한 스스로의 장점을 찾아보자.

9. 위급 상황이 발생했다면

생리를 전후하여 몸이 부었다거나 섬유질 다이어트로 인해 더 부룩하게 가스가 찼을 때에는 어떻게 해야 할까? 자, 여러분을 위해 여기에 그와 똑같은 난처한 상황에 처한 모델들이 사진 촬영에 들어가기 직전에 애용하는 방법을 소개하겠다.

- ✓ 페퍼민트나 스피어민트 티를 한 잔 마신다. 위 근육을 이완시키고 더부룩한 속을 편안하게 해준다.
- ✓ 흔들의자에 앉아 약 20분간 의자를 힘차게 흔들거나, 또는 소파 모서리에 앉아 흔들의자에 앉은 것처럼 앞뒤로 몸을 움직여 준다. 이는 가스의 신속한 배출을 도와 준다.
- ✓ 빠른 걸음으로 산책을 하듯 걷는다.
- ✓ 얼음물을 많이 들이킨다.

체모가 안쪽으로 파고들 때

이러한 경우는 보통 면도 때문에 생기며, 구불거리거나 거친 털을 가진 여성일수록 특히 많이 경험하게 된다.

✓ 털이 안쪽으로 파고들기 전에, 먼저 그 부분을 면도해 주는 것으로 이를 방지하자.

✓ 박테리아가 생기거나 세균에 감염되는 것을 막기 위해 정기적으로 면도날을 갈아 주도록 하자.

✓ 면도는 조심스럽게, 천천히 해주어 면도날이 닿는 부분의 피부를 보호하자.

✓ 모공을 열기 위해 샤워할 때 따뜻한 물에 부드러운 가제 손수건을 적신 뒤 이것을 가지고 살살 문질러 주도록 한다.

사마귀가 생겼을 때

이것은 한때 함께 일을 했던 유명한 손(hand) 전문 모델로부터 얻은 귀중한 정보이다. 비타민 E 캡슐을 열어 그 내용물을 사마귀가 난 부분에 넓게 펴 발라 준다. 그런 다음, 생마늘 한 조각을 잘 으깨어 사마귀 위에 올려놓고 그 위에 밴드를 붙여 고정시킨다. 생마늘 성분이 물집을 형성시켜 사마귀는 일주일 내에 시원하게 떨어져 나가게 된다. 치료를 가속시키기 위해서는 비타민 E를 계속해서 발라 주도록 하자.

숙취에는

전날의 술기운은 불행히도 다음날 얼굴에 뚜렷이 나타나기 마련이다. 피부에 수분을 공급하고 독소를 제거하기 위해서 물을 2ℓ 이상 마시도록 하자. 이때 물의 온도는 실온 정도가 적당하다.

요로(신장, 방광)의 감염에는

감염 정도가 그다지 심하지 않고 염증으로 신경이 약간 거슬리는 정도라면 냉장고 안에 블루베리나 크랜베리 주스를 잔뜩 사다놓고 열심히 마시도록 하자. 두 가지 모두 산화방지제를 다량으로 함유하고 있다. 만약, 염증이 하루 안에 완치되지 않으면 심각한 상태일지도 모르니 전문가와 꼭 상담을 하도록 하자. 요로 감염은 발견 즉시 치료해야 한다.

제 5 장

안팎 모두 완벽한 미인 만들기

1. 미인도 가죽 한 꺼풀?

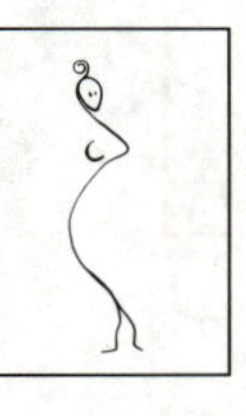

매일 섭취하는 음식들이 우리 모습에 커다란 영향을 미친다는 사실에는 이견의 여지가 없을 것이다. 음식은 신체에 영양분을 공급하며 동시에 우리의 겉모습에도 영향력을 행사한다. 따라서 먹거리의 선택에 있어 지혜롭지 못하다는 것은 자신의 건강과 외모를 동시에 해치는 일이다. 정말로 건강하고 아름다운 여성을 보면, 그녀가 화장품 따위를 사는 데 돈을 쏟아 붓는 것 이상의 무언가를 하고 있다는 사실을 알 수 있다. 외모에 투자하는 일 이상으로 우리 몸 속에 제공하는 음식도 그만큼 중요하다는 사실을 명심하자.

물을 마시자

언제나 충분한 양의 물을 섭취함으로써 체내에 일정량의 수분을 유지하자. 수분 공급은 피부 상태를 개선시키는 데 놀라운 힘을 발휘한다. 물은 몸의 체온을 일정하게 조절할 뿐 아니라 노폐물을 제거하고 체내의 여러 기관들을 보호한다. 또한 음식물이 에너지로 전환되는 것을 돕고, 관절이 맞닿는 부분의 완충 작용을 하는 등 수많은 역할을 담당하기도 한다. 수분 부족은 피부를 건조하게 만들고, 심한 경우 각질을 만들기도 한다. 게다가 물은 노폐물을 제거하는 동시에 체내에 흡수되어 포만감을 주므로 다이어트에 있어서도 중요한 역할을 한다.

체내에 쌓인 독소의 제거는 피부를 매끄럽게 만들어 주며 체중 조절을 보다 용이하게 해준다. 이뿐만 아니다. 물을 많이 마실수록 몸은 불필요한 액체들을 어떻게든 덜 간직하려 들게 된다는 사실! 이렇듯 유용한 물을 오늘부터 하루에 적어도 여덟 컵 이상씩 마실 수 있도록 노력해 보자.

> **잠깐만!!!**　우리 몸은 체내로 흡수된 한 컵의 물을 데우기 위하여 대사 작용을 하는 데만도 약 25cal의 열량을 소비한다.

미인이 되려면 이런 음식만큼은 먹어 주자

사과 식초　여러 방면에서의 놀라운 치료 효과 외에도, 사과 식초는 피부를 부드럽게 유지하게끔 돕는 역할을 한다. 식초에는 강한 효소들이 많이 집중되어 있어 이것들이 죽은 피부세포를 벗겨 내는 작용을 한다. 그리고 지방을 분해시키고 섭취된 음식물의 소화를 돕는다.

당근　가장 바깥쪽 피부층을 보호함으로써 노화를 방지하는 역할을 한다. 당근에는 레틴 A에서 발견할 수 있는 대부분의 성분들이 함유되어 있다.

치즈　카메라 앞에서 활짝 웃고 싶다면 식탁 위에 매일 치즈를 한두 장씩 얹는 습관을 들이자. 스위스 치즈나 체다 치즈, 또는 구다(gouda) 치즈를 많이 섭취하면 입 안의 박테리아가 번식하는 것을 차단하여 충치를 예방할 수 있다.

감귤류　이 종류의 과일들은 콜라겐을 형성하여 피부세포들을 한데 모으는 역할을 한다. 본래 콜라겐이란 피부에 직접적으로 공급할 수 없는 성분이다. 주변에서 매일 과일 또는 과일 주스의 섭취를 그토록 권장하는 이유도 바로 이런 사실 때문이다.

크랜베리　요로 내부를 건강하고 깨끗하게 유지시켜 준다.

마늘　주름이 생기는 것을 방지하고 세포를 복원시킨다.

저지방 요구르트　칼슘 성분이 풍부하여 치아를 하얗고 튼튼하게 만들며 충치를 예방해 준다.

고구마　비타민 A는 주름 방지에 놀라운 효과를 발휘하는 것으로 알려져 있다. 고구마는 바로 이 중요한 성분으로 가득 차 있을 뿐 아니라, 피부를 깨끗하고 부드럽게 가꾸어 주기도 한다.

토마토　러브 애플(love apple)이라고도 불리는 토마토는 피부를 놀랄 만큼 매끄럽게 가꿔 준다. 토마토에는 비타민 A, 비타딘 C, 그리고 칼륨이 풍부하게 함유되어 있다.

맥아　보기 싫은 여드름을 단시간에 효과적으로 없애고 싶다면 2~3테이블스푼의 맥아를 매일 섭취하도록 하자. 시리얼이나 요구르트, 탈지유로 만든 치즈 등에 곁들여 먹으면 더욱 효과적이다.

물론 자신이 좋아하는 음식을 먹는 것도 중요하지만, 다음에 거론되는 음식을 먹는 것도 중요하다.

야채류 하루 3~5차례씩 섭취한다.(한국인들의 식생활에서는 자연스럽게 섭취되는 양이다. — 역자주) 이 중 한 번 정도는 잎이 많은 녹색 생 야채를 듬뿍 먹도록 하자.

육류 하루 3회, 약 85g 이상의 육류 섭취는 피하자. 먹을 때 기름기는 모두 제거하자. 가능하다면 하루에 생선 한 토막씩을 섭취하면 매우 이상적이다.

과일류 하루 2~3회 정도 섭취하는 것이 좋다. 적당한 양은 한번에 잘게 썬 과일을 반 컵 정도 먹는 것이다.

유제품 매일 최소한 2회 이상 섭취하자. 우유나 요구르트는 1회에 200$m\ell$ 정도가 적당하다. 치즈는 한번에 40g 정도 먹는 것이 좋다.

지방 샐러드 드레싱, 식용유, 버터, 그리고 마요네즈 등은 하루 2회 이상의 섭취를 삼가자.

2. 미용에 문제가 생겼다면 식단 점검을

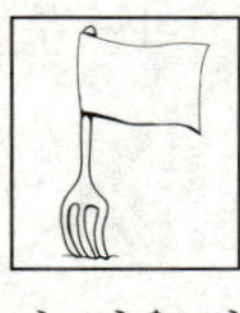 만약 지금 미용에 관한 문제로 고민에 빠져 있다면, 무엇보다도 최근에 즐겨 먹은 음식을 곰곰이 떠올려 보자. 자신의 식단에 아주 작은 변화를 주기만 해도 발생한 문제들을 하나씩 풀어갈 수 있을 것이다.

야채와 과일을 통한 주름살 방지법

잎이 무성한 녹황색 야채류와 복숭아, 살구 같은 신선한 과일을 될 수 있는 대로 많이 섭취하자. 이들은 주름을 방지하고 피부 표피의 재생을 돕는 비타민 A를 풍부하게 함유하고 있어, 주름으로 인한 고민을 조금이라도 해소할 수 있을 것이다.

얼굴이 자주 부어오를 때 소금 섭취는 금물!

눈이 팅팅 붓는다든지 몸의 여기저기가 자주 부어오른다면, 제일 먼저 소금 섭취를 줄여 보자. 그 즉시 상당히 빠른 효과를 기대할 수 있을 것이다. 부종에는 다이어트 소다를 포함한 탄산 음료를 삼가는 것이 좋다. 음식에 좀더 맛을 내고자 할 때에는 소금 대신 허브나 다른 양념을 이용해 보자. 가끔씩 다이어트 소다를 마시게 될 경우에는, 그때마다 물을 한 컵씩 함께 들이켜 붓기를 방지하자.

약하고 잘 부러지는 손톱에는 단백질 공급을

손톱이나 머릿결의 상태가 좋지 않은 경우는 대부분 단백질의 부족이 그 원인이다. 최고의 단백질 식품이라면 역시나 쇠고기나 닭고기, 그리고 생선 등을 꼽을 수 있다. 육류를 즐겨 먹지 않는 사람의 경우에는 단백질이 풍부한 콩류의 섭취로 대신하면 된다.

윤기 없는 머릿결에는 올리브 오일을

때로는 어떤 여성의 머릿결 상태만 보고도 '이 사람은 지금 무리한 다이어트를 하고 있구나' 라고 알 수 있는 경우가 종종 있다. 다이어트를 하면 대개 지방이 부족하게 되므로, 머리카락이 상하거나 윤기를 잃어버리기 쉽다. 이런 경우에는 올리브 오일이나 어유(魚油)의 다량 섭취로 대신하면 된다.

머리카락의 건강을 위해 충분한 영양 섭취를

건강한 머리카락을 위해서는 그에 좋은 음식들을 엄선해 먹는 일이 중요하다. 머리카락은 크게 비타민 B 복합체와 단백질로 구성되어 있다. 따라서 이러한 영양소들이 풍부하게 들어 있는 음식을 섭취한다면 머리카락의 상태 개선에 신속하고도 놀라운 효과를 맛볼 것이다. 쇠고기, 양고기 등의 붉은 육류나 당근, 브로콜리, 생선과 같은 음식들을 듬뿍 섭취하도록 하자. 좀 더 빠른 효과를 원한다면 비타민 B와 단백질이 풍부한 해산물도 함께 섭취하자.

새치에는 철분 섭취를

일찌감치 머리가 세기 시작하는 것은 영양분 부족과 유전이 원인일 수도 있지만, 무리한 다이어트가 문제일 가능성도 높다. 철, 구리와 같은 미네랄 성분은 머리카락의 색소를 유지하는 데 도움을 준다. 쇠고기나 양고기 등 붉은 육류는 철분의 섭취에 매우 효과적이다. 육류를 좋아하지 않는 사람이라면 달걀과 진한 색의 야채, 과일 등을 많이 먹으면 된다.

누렇게 뜬 피부에는 레몬을

음식에 레몬을 첨가해 먹자. 샐러드나 야채, 생선 등에 레몬을 살짝 짜 넣거나 혹은 물을 마실 때마다 레몬 조각을 띄워 마시는 습관을 들이자.

건조한 피부에는 식용 기름을

피부가 건조하다고 느껴질 때에는 그 즉시 물을 많이 마셔라. 건조한 피부에는 충분한 수분 공급이 가장 중요하다. 올리브 오일이나 어유(魚油), 그리고 땅콩 등의 견과류의 섭취에 신경을 쓰자. 어유를 쓰려 한다면 정어리 어유를 쓰는 것이 좋다.

피부 발진에는 물을

기름에 튀겼거나 지방질이 많은 음식을 삼가자. 당분이 많이 든 식품을 멀리하고, 배변의 촉진을 위해 물을 많이 마시도록 한다. 피부 발진은 체내에 쌓인 독소 때문에 생기는 경우가 많다.

안색이 창백할 때에는 철분을

붉은 육류를 많이 섭취하여 부족한 철분을 보충해 준다. 채식주의자라면 시금치나 브로콜리를 부지런히 먹도록 하자.

3. 영양 보조제를 통해 건강한 아름다움을!

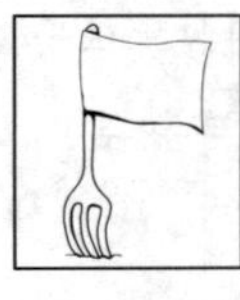 진심으로 자신을 아끼고 외모에 신경을 많이 쓰는 여성이라면 다이어트 중에도 각종 영양제들을 섭취해 건강의 균형을 꾀할 것이다. 만약 음식으로 그러한 영양분들을 모두 얻으려 한다면 너무 많은 칼로리를 섭취하는 결과를 가져올지도 모른다. 아름다운 외모나 삶의 활력, 그리고 무엇보다 건강을 위해서라면 영양제의 복용은 매우 중요한 의미를 지닌다.

비타민 A　피부의 수분 공급을 조절하고 피부와 손톱 세포를 재생시키기 위해서는 비타민 A가 필요하다. 비타민 A는 뼈를 만들 뿐 아니라 치아를 튼튼하게 해주고, 피부세포의 성장에 많은 도움을 준다. 또한 여드름 같은 피부병 치료제로도 널리 쓰인다.

비타민 B　비타민 B는 피부를 부드럽게 해주고, 머리카락과 손발톱의 성장을 도우며, 혈액순환 기능을 향상시키는 데 중요한 역할을 한다.

비타민 C 비타민 C는 피부세포들을 단단하게 서로 이어 주는 콜라겐의 형성에 있어 필수적인 성분이다. 특히 비타민 C에는 피부를 보호하고 노화로 인한 검붉은 반점이나 색소가 침전하여 달라붙는 것을 방지하는 성분이 들어 있고, 피지 분비선이 제 기능을 할 수 있도록 도와 모공을 수축시키는 역할도 한다. 따라서 비타민 C가 부족하면 피부가 매끄럽지 못하고 주름살이 쉽게 생긴다.

비타민 E '피부 비타민'으로 더욱 잘 알려져 있는 비타민 E는 상처 입은 피부 조직을 재생시켜 주는 역할을 한다.

베타 카로틴 섭취 후 비타민 A로 바뀌는 이 영양소는 심한 외상으로부터 세포막과 피부세포를 보호해 주는 역할을 한다. 즉, 피부가 수분을 유지하는 것을 돕는다.

비오틴 비타민 B군에 속하는 결정성 비타민의 일종으로, 세포의 성장에 영향을 미친다. 머리카락이 가늘거나 손발톱이 잘 부러지는 것은 이 영양소의 섭취와 관련이 깊다.

해조류 최근에 와서 주목받기 시작한 이 청록색의 해조류는 해독작용을 하며, 집중력을 강화시키는 등 정신을 맑게 해준다. 또 다른 효능으로는 피부에 수분을 공급하며, 갑상선에 이상이 생겼을 때 복용하면 좋다. 캡슐 형태로 판매되고 있는 이 영양소를 섭취한 사람들은 잠을 덜 자거나 음식을 평소보다 적게 먹고도 일의 효율성은 오히려 증대되었다고 한다.

보리지 오일(Borage Oil) 보리지 오일은 여러 종류의 피부 트러블을 치유하고 건강한 피부를 유지하게 만들어 준다. 이는 건조하거나 손상을 입은 피부의 수분을 유지시켜 줘 매끄러운 피부를 갖도록 해준다. 또 비늘처럼 각질이 벗겨지는 피부를 가진 사람에게는 더없이 좋은 영양소가 된다.

조효소 Q10(Coenzyme Q10)   인체 내에서 자연적으로 생성되는 성분으로, 뇌 기능을 활성화하고 젊음을 유지하는 데 탁월한 효과를 낸다. 또한 조효소 Q10은 주름살 방지에 탁월한 효과를 보이므로 아름다움을 좇는 여성들에게 인기가 높다.

당귀   당귀는 다양한 기능을 하는 훌륭한 영양제의 하나로, 각자의 다이어트 리스트에 적어 놓도록 하자. 이름에서도 알 수 있듯이, 이것은 생리불순, 생리통을 비롯한 생리 전 증후군(PMS)과 갱년기 증상의 치료에 효과가 있다. 또한 체내의 가스를 제거하거나 부기를 가라앉히는 데에도 매우 유용하다.

아마씨 오일(Flaxseed Oil)   최근의 한 연구 결과에 따르면, 아마씨 오일은 두피의 혈액순환을 원활하게 해줌으로써 머리카락의 성장을 돕는다고 한다.

은행   집중력과 기억력을 향상시키고 혈액순환을 돕는다. 노화방지 효과로 잘 알려진 부영양 보조제이다.

인삼   이 유명한 건강제품은 건강 증진과 수명 연장을 비롯한 여러 가지 기능을 가진 것으로 널리 알려져 있다. 인삼은 정신을 맑게 해줄 뿐 아니라 에너지를 보다 효율적으로 소비하도록 돕는다. 그리고 체내 콜레스테롤의 수치를 낮춰 주고 면역체계를 강화시키는 데 뛰어난 효능이 있다.

포도씨 추출물　포도의 씨 속에 들어 있는 산화방지제는 얇은 혈관 벽들이 약해지지 않도록 돕는다. 정맥류(정맥의 일부가 혈행(血行) 장애로 말미암아 불룩하게 뭉쳐진 상태를 말한다)의 방지 및 치료에 효과적이다.

녹용　많은 톱스타들이 몸을 튼튼히 하고 성욕을 보다 증진시키기 위해 녹용을 애용한다. 녹용에서 얻을 수 있는 가장 큰 미용 효과는 콜라겐의 재생이다.

비타민 K　정맥류와 타박상, 혈관의 치료에 있어 가장 추천할 만한 영양소다. 비타민 K는 또 눈 주위의 거뭇거뭇한 부분과 부스럼으로 발갛게 된 피부 치료에도 뛰어난 효과를 나타낸다.

콤부차(Kombucha)　버섯에서 파생된 물질로, 해독 작용이 강한 영양제다. 애호가들은 콤부차가 에너지를 높이고 건강을 증진시키는 데 매우 효과적이라고 한다.

멜라토닌　자연 수면제나 시차 극복을 돕는 것으로 잘 알려진 멜라토닌은 노화방지에도 효과적이다.

로열 젤리　천연 상태의 고단백 영양 성분을 갖고 있는 이 로열 젤리는 캡슐 또는 액상 형태로 시판되는데, 체내에서의 빠른 흡수를 위해서는 액체 상태가 효과적이다. 이 영양 보조제는 전체적인 건강의 증진에 도움을 준다.

4. 변비가 없어야 진짜 미인?

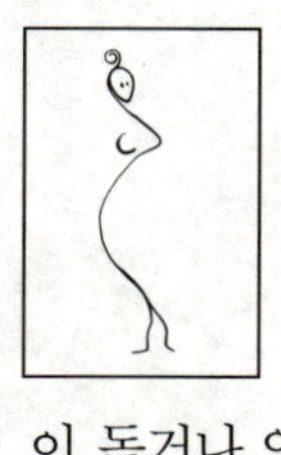

미인이 되기 위한 몇 가지 중요한 조건 중 하나가 바로 규칙적인 배변이다. 몸 안의 독소를 정기적으로 배출하지 않으면 얼굴에 그 영향이 금방 나타나기 때문이다. 즉, 뾰루지나 여드름 등이 돋거나 안색이 좋지 못하고 혈색이 누렇게 된다. 모델이나 여배우들, 그 외의 많은 연예인들이 그러하듯 우리들도 피부 미인을 위해 배변 문제에 좀 더 큰 관심을 기울여야 한다.

배변 활동과 건강 증진을 위해 섬유질과 물을!

섬유질과 물은 적당한 배변 활동과 건강 증진을 돕는 중심 축이라고 할 수 있다. 다음은 제품 겉면의 라벨을 읽을 때 유심히 봐야 할 섬유질 성분의 두 가지 타입이다.

용해성 섬유질 콜레스테롤을 낮춰 준다.

비용해성 섬유질   변비나 치질, 결장암을 예방해 준다.

물   체내에 있는 독소를 밖으로 배출하기 위해서는 많은 양의 물을 마셔야 한다. 반복하지만 하루에 적어도 여덟 잔 이상의 물을 마시자.

과일과 야채 섭취를   과일과 야채의 섭취로 몸 속의 노폐물을 제거하자. 섬유소의 섭취를 극대화하기 위해서는 신선한 야채와 과일을 껍질째 먹는 것이 좋다.

5. 변비 예방에 좋은 영양 보조제

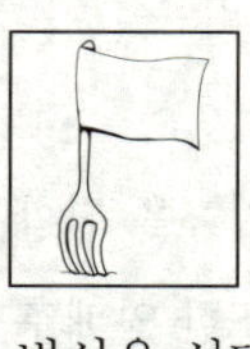

지방산

신체 내의 수분을 유지하기 위해서는 지방산을 충분히 섭취해야 한다. 아마씨나 올리브 오일, 홍화씨 오일과 같은 불포화 지방산을 선택하도록 하자.

칼륨

바나나와 현미, 잎사귀가 많이 달린 녹색 야채류, 그리고 토마토 등과 같이 칼륨이 풍부한 음식은 체내의 수분 조절을 통해 변비를 예방해 준다.

6. 체내의 독소를 제거해 주는 음식들

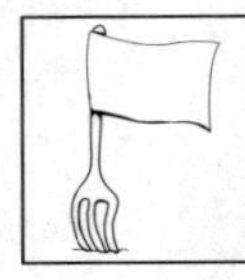

브로콜리 우리의 외모나 원기 회복에 아주 좋은 식품이다. 또 암의 발병률을 낮춰 준다는 연구 결과도 나와 있다.

양배추 양배추에는 간의 해독 작용을 돕는 성분이 있어 간 기능을 원활히 해주며, 이와 같은 역할을 하는 다른 야채로는 케일이 있다. 또한 양배추는 유방암과도 관련이 깊은 유독성 에스트로겐을 체내로부터 제거하는 일을 돕기도 한다.

기름기가 많은 생선류 고등어나 정어리와 같이 특히 기름기가 많은 생선들은 피부를 촉촉하게 만들 뿐 아니라 유방암과 심장병을 예방해 준다.

콩 콩은 폐경기에 일어날 수 있는 여러 증상들을 완화시켜 주고 유방암의 발병률을 낮추는 등, 콩이 주는 혜택이 상상외로 많다. 따라서 콩을 비롯해 두유나 두부 등의 가공품들을 많이 섭취하도록 하자.

요구르트 해독제 역할을 충실히 해내는 요구르트는 뼈를 튼튼하게 만들어 골다공증을 예방해 준다.

제 6 장

신속하고 정확하게 메이크업하기

1. 가장 자신 있는 얼굴을 내세우자

 스스로를 가꾸지 않는 것에 대해서는 핑계의 여지가 없다. 깔끔하게 단장하는 데 그리 많은 시간이 걸리는 것도 아니다. 여기 저기에 몇 점만 잘 찍어 바르면 훨씬 예쁜 얼굴을 연출할 수가 있다. 올바른 메이크업과 정확한 기술을 통해 보다 젊고 아름다운 얼굴을 만들어 보자. 말하자면 얼굴은 하나의 캔버스고 우리 자신은 그 위에 그림을 그려 넣는 화가인 셈이다.

깨끗이 세안한 얼굴에서 출발하자

메이크업은 언제나 세안을 하고 난 깨끗한 얼굴 위에서 시작한다. 그래야만 메이크업이 피부에 골고루 부드럽게 스며들 수 있고, 더 오래 지속될 수 있다. 세안 후에는 모이스처라이저를 꼭 발라 주어 메이크업이 모공 속으로 스며들지 않도록 한다.

눈썹 정리는 이렇게

잘 정리된 예쁜 눈썹은 완벽한 얼굴을 만드는 데 초석이 된다. 눈썹을 제대로 관리하지 않는다면 아주 중요한 미적 재산을 잃게 되는 셈이란 사실을 명심하자. 잘 그려진 눈썹은 눈을 보다 커 보이게 하고 광대뼈도 볼륨 있어 보이게 한다. 또한 얼굴에 보다 강렬한 인상을 제공해 준다.

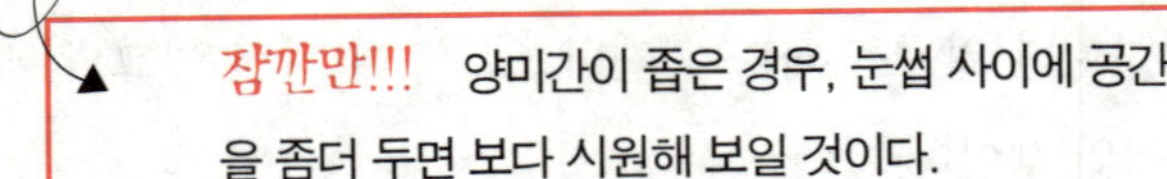

잠깐만!!!　어떤 집게를 사용할까?

얇은 팁　작고 가는 털과 안으로 파고든 털을 뽑기에 좋다.

비스듬한 팁　최대한의 조절력을 제공한다.

사각형의 팁　두껍고 투박한 털 또는 한번에 여러 개의 털을 제거하기에 좋다.

1. 눈썹은 샤워 직후에 뽑거나 혹은 따뜻한 물수건을 대어 모낭을 느슨하게 해준 뒤에 뽑는다.

잠깐만!!!　양미간이 좁은 경우, 눈썹 사이에 공간을 좀더 두면 보다 시원해 보일 것이다.

2. 모이스처라이저로 눈썹을 부드럽게 해 눈썹 털이 쉽게 빗겨지도록 한다.

3. 눈썹을 위로 빗어 자연스런 아치형을 만든다.

4. 부드러운 아이섀도 펜슬로 미리 원하는 모양을 그려둔다.

잠깐만!!!　1. 아이라이너용 펜슬을 사용하지 않도록 하자. 눈썹이 너무 진하게 그려져 불필요한 눈썹까지도 뽑게 된다.

2. 확대경을 사용하지 말자. 눈썹을 지나치게 많이 뽑거나 짝짝이 눈썹을 만들 수가 있다.

5. 눈썹 아래에 난 털들을 집게로 잡고 눈썹이 자라는 방향으로 뽑아 준다.

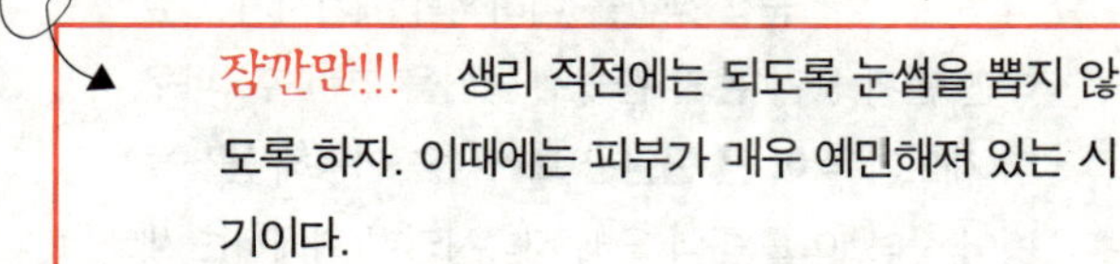

6. 눈썹을 위쪽으로 빗으면서 자연스러운 눈썹 선을 벗어난 부분들을 잘라
   내 깨끗이 정리한다.
7. 눈썹 정리가 끝나면 찬물에 적신 티백을 이용해 그 부위를 가라앉힌다.

눈썹을 정리할 시간이 없다면   위쪽으로 브러시해서 원하는 모양을 만든
다음, 바셀린을 약간 발라 모양을 유지한다.

송송 돋은 짧은 눈썹   때때로 뽑기에는 너무 짧고 무시하자니 눈에 띄는
눈썹들이 있다. 이럴 때에는 다음 방법을 이용해 보자.

✓ 새로 돋아난 눈썹들을 숨기려면 눈썹 바로 밑에 컨실러를 발라 준다.

✓ 눈썹에 이르기까지, 눈꺼풀 전체에 부드러운 중간 톤의 섀도를 바른다.

✓ 짧거나 안으로 자란 털과 섞여 보이게끔 눈썹을 잘 빗어 준다.

정리가 잘된 눈썹이란   눈썹이 너무 진하거나 일그러지는 등 어딘가 부자
연스러운 인상을 만들지 않게끔 다음의 몇 가지 전문적인 조언을 소개한다.

✓ 원하는 라인을 따라 점을 찍듯 짧은 선을 그으며 눈썹을 그려 준다.

✓ 본래의 눈썹 색에 상관없이 중간 톤의 색을 이용한다(참고로 많은 모델들이

  짙은 회갈색을 선호한다).

✓ 좀더 부드럽고 자연스러운 라인을 살릴 수 있도록 소프트한 재질의 펜슬을 구한다.

✓ 헤어 스프레이를 칫솔에 뿌리거나 손가락에 바셀린을 발라 이용한다.

✓ 눈썹을 위로 가지런히 빗어 준다.

눈썹을 너무 많이 뽑았다면 모가 뻣뻣한 브러시에 눈썹 색과 비슷한 아이섀도를 묻혀 눈썹 선을 따라 눈썹 사이사이에 칠해 준다.

2. 필수적인 메이크업 용품들

 알맞은 메이크업용 도구를 가지고 있지 않다면 아무리 좋은 화장품도 아무 소용이 없다. 이들을 꼭 화장품 가게에서 구입할 필요는 없다. 턱없이 비싼 가격에 비해 그만한 가치가 없을 뿐더러, 대부분의 메이크업 아티스트들도 미술용품점이나 화방에서 구입한 붓을 메이크업 브러시로 이용하는 추세이니 말이다.

반드시 구비해야 할 기초 용품들

스펀지 눈 전체에 색을 고루 입히기 좋다.

작은 셰이딩 브러시 눈에 섀도를 집중시켜 포인트를 주기가 쉽다.

아이라이너용 브러시 눈썹을 가지런히 빗어 주기에 최적이다.

스펀지 립 브러시 쐐기 모양을 한 이것은 파운데이션과 컨실러를 바르기에 적합하다.

파우더 브러시 파우더 가루가 얼굴에 자연스럽게 묻게끔 해준다.

볼터치용 브러시 파우더 브러시보다 작은 것으로 선택한다.

화장품의 수명은 얼마나 될까?

화장품에도 유효기간이 있다. 사용하지 않고 너무 오래 놓아두면 건조해지고 냄새가 나거나 갈라지기 시작한다.

리퀴드 파운데이션 수명은 1년. 기간이 그 이상으로 지났을 때에는 색이 변하고 냄새가 나며 두껍게 뭉쳐진다.

립스틱 1~2년. 향이나 끈기에 변화가 생긴다. 갈라지거나 부러지면 사용을 삼가자.

아이섀도 2~3년. 색이 변하고 부드럽게 펴 발라지지 않는다.

마스카라 4~6개월. 마르고 뭉치기 시작하며, 좋지 않은 냄새가 난다.

메이크업을 할 때 손을 많이 사용할수록 화장이 한결 편해진다. 또 손가락을 사용하면 보다 자연스러운 얼굴 연출이 가능하다. 손가락을 이용해 컨실러 및 메이크업 베이스, 파운데이션을 문질러 주면 손가락의 온기로 인해 좀더 부드럽게 밀착되는 효과를 얻을 수 있다.

전문적인 메이크업 아티스트들은 온갖 메이크업 기술들을 동원할 때면 대부분 자신의 손을 이용한다. 그들은 손등에 여러 가지 색상을 한데 섞은 후 사용하거나 어두운 부분을 밝게 하는 데 쓸 컨실러나 파운데이션을 먼저 문질러 보기도 한다. 때로 립밤이나 바셀린을 이용해 메이크업의 질감이나 느낌을 바꾸기도 한다.

3. 파운데이션의 모든 것

파운데이션을 제대로 고르려면

요즘처럼 파운데이션 제품의 종류가 많을 때, 자신에게 딱 맞는 파운데이션을 고른다는 것은 쉬운 일이 아니다. 지성 피부라면 오일 프리 제품이나 수분이 함유된 제품을 이용해야 한다. 건성 피부에는 리퀴드 파운데이션이나 영양분이 풍부한 크림 타입이 적격이다. 파운데이션을 턱선 바로 밑에다 발라보면 얼굴에 발랐을 때의 투명도를 금방 파악할 수 있다. 동양인은 노란 색소를 지니고 있어서 파운데이션 또한 노란색 계통의 오일 프리 제품을 선택하는 것이 좋다. 짙은색의 피부는 더 많은 양의 빛을 반사하며 대체로 지성이 많다.

파운데이션을 바를 때에는

1. 기초 화장품을 바르고 흡수가 되도록 그대로 둔다. 이렇게 하면 파운데이션이 피부 표면에 남게 된다.
2. 적당량을 얼굴 위에 찍고 재빠르게 문질러 펴 바른다.

3. 브러시에 파우더를 묻힌 다음, 얼굴 전체에 원을 그리듯 솔질해 주어
   파운데이션을 골고루 밀착시킨다. 얼굴을 구석구석 꼼꼼히 솔질하려 들
   필요는 없다. 너무 매트한 얼굴은 유행에 뒤떨어져 보인다.

> **잠깐만!!!** 장시간 지속되는 파운데이션은 눈가
> 나 입가에 바르기에는 너무 건조하다. 이런 경우에
> 는 약간의 모이스처라이저를 파운데이션에 첨가해
> 사용하자.

파운데이션 사용은 이렇게

✓ 손가락이나 스펀지를 이용해 파운데이션을 바른다.

✓ 피부에 촉촉한 느낌을 주기 위해서는 아스트린젠트에 적신 거즈나 천으
  로 메이크업을 마친 다음 얼굴을 부드럽게 두드려 준다. 아스트린젠트
  로는 위치헤이즐이 적격이며, 이는 메이크업으로 인해 매트해진 얼굴에
  윤기를 더해 준다.

✓ 파운데이션을 바를 때에는 입을 벌려 턱선과 독 사이의 경계가 잘 드러
  나도록 한다. 파운데이션으로 인해 얼굴과 목선이 눈에 띄게 구별되는
  실수를 하지 않도록 그 부근의 경계선을 자연스럽게 없애 주자.

✓ 겨울용과 여름용으로 두 가지 색상을 준비해라. 그 외의 시기에는 이 두
  가지를 섞어 사용하면 완벽하다.

✓ 메이크업 후 티슈 한 장을 얼굴에 덮은 후 살짝 눌러 준다. 이렇게 하면
  화장이 잘 스며들고 전체적으로 부드러운 분위기를 연출할 수 있다.

4. 컨실러는 마술사

컨실러는 대부분의 잡티들을 가려 주는 역할을 하기 때문에, 티 없이 맑은 피부를 만들어 준다. 손가락이나 부드럽고 납작한 브러시로 컨실러를 찍은 다음, 원하는 곳에 부드럽게 펴 바른다. 피부 트러블이 있는 사람이라면 누구나 좋은 컨실러가 하나쯤은 필요할 것이다.

> **잠깐만!!!** 컨실러는 눈가를 포함한 눈 밑 전체를 커버할 수 있어야 한다. 눈가는 건조해지거나 충혈 되기 쉬운 부분이므로 특별히 주의하자.

어떤 종류를 사용할 것인가?

리퀴드 컨실러 건성 피부에 특히 권장할 만하며, 눈 밑과 같은 넓은 부분을 커버하기에 적당하다.

고체형 컨실러 여드름, 상처 및 잡티를 숨기기에 좋다.

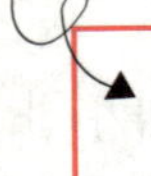

크림 파우더 파운데이션 좀더 자연스런 컨실러로써 사용할 수 있다. 리퀴드 또는 크림 파운데이션의 색과 매치시키도록 하자.

> **잠깐만!!!** 리퀴드 또는 스틱 파운데이션을 쓸 때에는 컨실러를 나중에 사용하는 것이 효과적이고, 크림 파우더 파운데이션의 경우어는 컨실러를 먼저 발라 주는 것이 좋다.

전문가들의 트릭을 배우자

✔ 컨실러나 파운데이션에 노란색 아이섀도를 첨가하여 사용하면 눈가의 어두운 부분 등을 효과적으로 숨길 수가 있다. 컨실링 기능과 더불어 피부색을 수정하는 역할까지 하게 된다.

✔ 컨실러나 파운데이션에 푸른색 또는 녹색 계통의 아이섀도를 첨가하면 붉은색 피부나 심하게 드러나는 핏줄을 숨길 수 있다.

✔ 파운데이션 통의 뚜껑에 남은 잔여 파운데이션을 컨실러로 이용하라. 살짝 건조해진 상태이므로 컨실링하기에 더없이 적합하다. 또한 파운데이션과도 완벽한 조화를 이루는 것은 두말할 나위도 없다!

5. 눈 화장은 이렇게

 메이크업의 포인트가 되는 부분은 바로 눈이라 할 수 있다. 가장 먼저 시선을 붙잡게 되는 부분이기 때문이다.

잠깐만!!! 1. 항상 흰색 아이섀도를 준비해 놓도록 하자. 눈 안쪽에 바르면 눈이 커 보이고, 눈썹뼈 부분에 칠하면 시각적으로 눈을 끌어올리고 산뜻하게 보이는 효과를 낸다. 또한 메이크업이 두껍게 되었을 경우, 전체적으로 부드러운 느낌을 줄 수 있다.

2. 아이섀도나 볼터치를 한 부분에 촉촉한 느낌을 주고 싶다면 베이비 오일을 준비해 두자.

세 가지 컬러의 아이섀도를 준비하자

깔끔하고 정돈된 아이 메이크업을 위해서 비슷한 계열의 세 가지 색상을 준비하자.

1. 가장 밝고 옅은 색상의 섀도를 속눈썹 라인에서부터 눈썹까지 바른다.

2. 중간 색상의 섀도를 속눈썹에서 쌍꺼풀 바로 위에까지 발라 준다.

3. 아이라이너 브러시를 이용해 가장 어두운 색 섀도로 속눈썹을 따라 라인을 그리듯 칠해 준다.

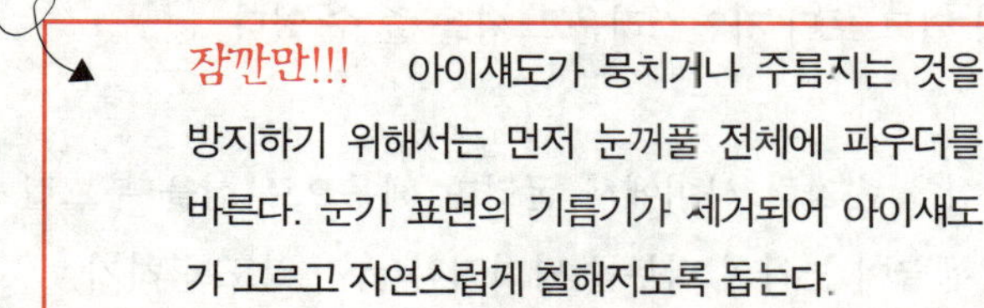

아이라인을 그릴 때에는

미간이 좁은 경우　눈꼬리의 바깥쪽 1/3만큼을 회색이나 갈색, 또는 검정색 라이너로 그려 준다. 그런 다음 가볍게 문질러 즌다. 눈 안쪽은 한 단계 옅은 라이너로 그려 주어 미간이 좀더 넓어 보이게끔 하자.

작은 눈　짙은색의 라인을 그리되, 바깥쪽으로 갈수록 두꺼워지게끔 한다. 밝고 옅은 색상의 펜슬(금, 은, 흰색)로 눈썹 아래쪽 라인을 그려 준다.

움푹 들어간 눈　위쪽은 창백한 톤이나 반짝이는 색상의 라이너를 이용해 라인을 그려 준다. 아래쪽의 바깥 부분은 부드러운 중간 톤의 라이너(회색, 회갈색)로 그려 준다. 이렇게 하면 눈꺼풀이 덜 무겁게 보인다.

처진 눈　눈의 안쪽 1/3 부분은 라인을 그릴 때 속눈썹에 아주 가깝도록 밀착시켜 그려 준 후, 눈꼬리 쪽으로 가면서 라인을 위쪽으로 조심스럽게 올리며 그려 준다.

리퀴드 아이라이너 잘 그리기 위해서는 연습이 필요하지만 훨씬 오래 지속되는 장점이 있다.

펜슬 그리기 쉽고 보다 자연스러운 느낌을 줄 수 있다.

✓ 펜슬의 심을 손가락 사이에서 굴리며 체온으로 심을 부드럽게 만들어, 펜슬이 눈가의 피부를 당기거나 긁지 않도록 하자.

✓ 보다 부드러운 느낌을 내기 위해서는 펜슬로 라인을 그린 후 10~15초 내에 '문질러서 펴' 주어야 한다. 그렇지 않으면 라인이 말라 고정되기 때문이다.

✓ 보다 정확한 선을 그리기 위해서는 사용하기 한 시간 전부터 펜슬을 냉동 보관해 두자.

✓ 실리콘이 들어 있는 펜슬이 사용 후 가장 오래 지속된다.

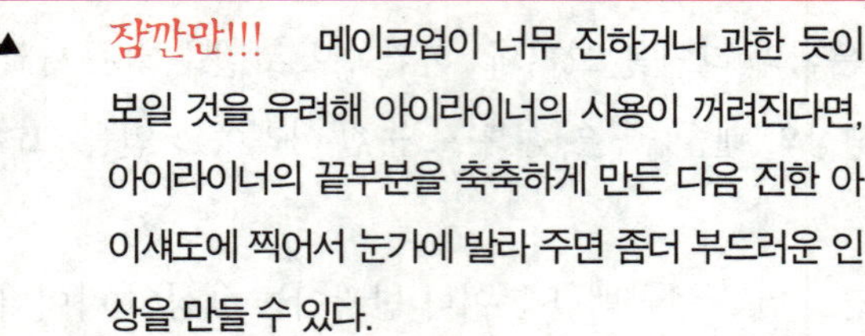

잠깐만!!! 메이크업이 너무 진하거나 과한 듯이 보일 것을 우려해 아이라이너의 사용이 꺼려진다면, 아이라이너의 끝부분을 축축하게 만든 다음 진한 아이섀도에 찍어서 눈가에 발라 주면 좀더 부드러운 인상을 만들 수 있다.

6. 인형 같은 속눈썹을 위하여

눈 화장을 할 때 마지막으로 손질하는 곳이 바로 속눈썹이다. 항상 속눈썹 고데기나 집게를 이용하는 습관을 들이자. 이것을 이용하면 보다 크고 어려 보이는 눈 모양을 만들 수 있을 것이다. 사용 순서는 마스카라를 바르기 전에 속눈썹을 올려 즈도록 한다.

✓ 속눈썹에 파우더를 살짝 칠해 마스카라가 잘 입혀질 수 있도록 한다.

✓ 속눈썹 끝 쪽에 특히 신경을 쓰면서 속눈썹에 수평으로 빗는 것처럼 위쪽 속눈썹에 마스카라를 두 번 입힌다. 두 번째로 바를 때에는 절대 뜸을 들이지 말고 신속하게 바르도록 한다. 특히 방수용 마스카라는 빨리 마르고 쉽게 뭉치는 경향이 있다.

✓ 아랫눈썹도 가볍게 마스카라를 해준다.

졸려 보이는 눈을 뜨게 하자

　속눈썹 끝부분과 바깥쪽에 중점을 두면서 평소에 사용하는 마스카라 위에 군청색 마스카라를 덧발라 준다. 군청색 마스카라가 없다면 보통 마스카라에 푸른색 아이섀도를 묻혀 사용하면 된다.

> **잠깐만!!!**　요즘 마스카라들은 색상 이외에도 여러 가지 기능이 있다. 따라서 마스카라를 고를 때에는 다음과 같은 기능들을 눈여겨 보자.
>
> **컬링 마스카라**　마스카라에 탄력성이 있어, 마름과 동시에 눈썹이 줄어들면서 위쪽으로 말아 올려진다.
> **코우밍(combing) 마스카라**　눈썹용 빗으로 뭉침을 방지할 수 있다. 마스카라를 한 겹 한 겹 입힐 때마다 바로 빗질해 주도록 한다.

7. 블로셔의 사용법은

블러셔를 사용해서 더욱 빛을 발하는 여자들이 있는가 하면, 어떤 이들은 마치 서커스 광대를 연상케 하기도 한다. 블러셔는 가장 유용한 메이크업 도구가 될 수 있는 반면, 때로는 가장 큰 적이 될 수도 있다. 문제는 이를 어떻게 바르느냐 하는 것이다. 얼굴에 줄이나 경계선이 뚜렷이 보인다면 블로셔를 너무 심하게 주었거나 혹은 잘 문질러 주지 못했다는 뜻이다.

✓ 거울을 들여다보며 활짝 웃어 보자. 이때 볼의 튀어나온 부위에 블러셔를 해주면 된다. 블로셔를 위해 얼굴 옆에 큰 줄을 그리는 것보다는 훨씬 자연스러운 모습을 연출할 수 있다. 알다시피, 블러셔란 얼굴에 윤곽선을 그리기 위해 사용하는 것이 아니니까.

> **잠깐만!!!** 광대뼈를 보다 솟아 보이게 하려면 자신의 피부 톤보다 4단계 정도 더 짙은 파우더를 이용하자. 그것을 가지고 광대뼈 바로 밑에 칠해 주면 된다.

✓ 크림 블러셔는 파우더를 바르기 전에 사용한다.

> **잠깐만!!!** 브론징 파우더를 블러셔 대신 사용하면 자연스럽고 건강해 보이는 얼굴을 연출할 수 있다.

✓ 립스틱 색깔과 어울리는 색의 블러셔를 하자. 단, 자신의 피부색에서 크게 벗어나지 않도록 주의해야 한다.

✓ 블러셔는 눈가를 벗어나거나 코끝보다 아래로 가서는 안 된다. 온 얼굴에 블러셔를 하면 지나치게 인위적인 느낌이 날 뿐만 아니라 나이 들어 보일 수가 있다.

> **잠깐만!!!** 1. 전체적으로 자연스러운 분위기를 내고 싶다면 블러셔를 먼저 한 다음 페이스 파우더를 하면 된다.
> 2. 블러셔를 이용해 아름답게 빛나는 눈을 연출할 수도 있다. 밝은 핑크빛만 빼고는 어떤 색을 사용해도 무방하다. 작은 브러시로 눈꺼풀 전체를 칠해 보자.

낮 동안 볼터치를 고치거나 다시할 때에는 화장품을 아끼듯이 사용한다. 처음 메이크업을 한 이후의 피부는 이미 오일이 축적된 상태이며, 이 위에 블러셔를 하면 점점 화장이 두꺼워지면서 진해진다. 진한 색의 볼터치를 할 때에는 파우더와 섞어 사용하도록 하자.

8. 립스틱, 이렇게 사용하자

✓ 하루 종일 지워지지 않는 입술을 원한다면 부드러운 립라이너 펜슬로 입술 전체를 칠해 준 뒤, 그 위에다 립스틱을 바르고 티슈로 찍어낸다.

✓ 입술을 도톰해 보이게 하려면 펜슬로 립라인을 그린 후 스펀지로 문질러 주자. 그런 다음 립글로스나 바셀린을 덧발라 준다.

✓ 치아에 립스틱을 묻히지 않으려면, 립스틱을 칠한 다음 티슈를 입술 사이로 넣은 뒤 입술을 꾹 눌러 주면 된다.

✓ 약간 새침해 보이는 섹시한 입술 모양을 연출하고 싶을 때에는 윗입술의 중간 부분에 글로스를 살짝 찍어 발라 주면 된다.

✓ 자신의 입술 색과 어울리는 옅은 색의 아이섀도를 사용하여 입술을 돋보이게 할 수 있다. 섀도를 윗입술과 아랫입술의 중앙 부분에 칠해 보자.

✓ 크기가 서로 차이가 많이 나는 위아래 입술에 균형을 주기 위해서는 작은 입술 쪽에 더 밝은 색깔의 립스틱을 사용하면 된다.

✓ 입술 주변에 파운데이션을 바르면 립라이너 없이도 깔끔한 라인을 그려 넣은 듯한 입술모양을 연출할 수 있다.

9. 입술 모양에 따른 화장법

요즘 여성들은 성형 수술을 해서라도 섹시해 보이는 도톰한 입술을 갖기를 원한다. 그만큼 도톰한 입술이 상당히 매력적이기 때문이다.

✔ 이 입술에는 립라이너가 그다지 필요하지 않겠지만 굳이 원한다면 손가락이나 면봉으로 가장자리를 부드럽게 문질러 준다.

✔ 지나치게 반짝거리거나 윤기가 도는 색상은 피하는 편이 좋다.

✔ 중간 톤의 펜슬을 이용해 원래 입술 선을 살짝 넘긴, 약간 바깥쪽에 라인을 그려 준다. 그런 다음에 립스틱을 바른다. 립스틱에 의해 본래의 입술 선이 감쪽같이 감춰질 것이다.

✔ 립스틱을 바른 입술의 중앙 부분에 하얀 섀도를 덧바른 후 살짝 문질러 준다.

✔ 아주 진한 색깔의 립스틱은 피하자. 이는 입술을 더 작아 보이게 만든다.

전문가들의 트릭을 배우자

✔ 바셀린과 블러셔를 섞어 사용하면 오래 지속되는 입술 색을 만들 수 있다.

✔ 두세 가지 색상과 작은 팔레트, 립 브러시를 이용해 자신만의 독특한 립스틱 색깔을 만들어 보자.

✔ 립스틱 색깔을 부드럽게 보이기 위해서는 립스틱 위에 바셀린을 덧발라 준다.

> **잠깐만!!!** 립스틱에는 도대체 뭐가 들어 있지?
> 립스틱에는 세 가지 기본 구성물로 만들어진다.
>
> **색소** 색깔을 결정한다.
> **연화제(emollient)** 입술에 색소를 전달한다.
> **왁스** 립스틱 모양을 형성한다.

립스틱의 종류에는

매트(matte) 가장 오래 지속되는 형으로 커버력을 제공한다. 너무 뻑뻑하지 않은 것으로 선택한다.

크리미(creamy) 처음 발랐을 때 가장 매력적으로 보인다. 가장 고른 커버력을 보이며, 선택할 수 있는 색의 종류도 가장 많다.

<u>프로스티드</u>(frosted)　　운모(mica)를 함유한 반짝거리는 색을 지닌다.

글로스와 스테인(gloss & stains)　　일반적으로 보습 작용을 하며, 색깔은 연하다. 가장 자연스럽게 지워지며 자외선 차단제 작용을 하기도 한다.

> **잠깐만!!!**　부러진 립스틱은 이렇게 사용하자!
> 립스틱이 부러졌을 때 재빨리 조치를 취하면 금방
> 다시 붙일 수가 있다. 부러진 덩어리의 끝 부분을
> 성냥불 위에 댄 채로 잠시 둔다. 그런 다음, 아주 약
> 간만 힘을 주어 부러진 양끝을 맞붙이듯 밀어 준다.
> 그 상태로 다음날 아침까지 냉장고에 넣어 둔다.

립스틱의 색상은

브라운 계열　　옅은 브라운 계통의 색상을 선택한다. 피부색이 중간이거나 가무잡잡한 사람에게는 브라운 색이 잘 어울린다.

핑크 계열　　원색 핑크의 사용은 피하고, 장밋빛이 도는 핑크 색을 쓰자. 이 색이야말로 얼굴을 환하고 빛나게 해준다.

입술이 저지르는 실수란?

여성들이 저지르는 가장 큰 실수 가운데 하나가 립라이너를 너무 진하게 그리는 것이다. 이런 경우, **립스틱이 지워지면 입술 주위에 선명한 립라이너 선만 남게** 된다. 입술선만 동동 뜨지 않게 중간 톤의 립라이너나 립스틱과 똑같은 색의 립라이너를 사용하도록 하자!

10. 메이크업 간단하게 하자

눈이 어떤 상태인가에 따라 메이크업 방법이 달라진다.

근시 근시 교정용 안경은 눈을 작아 보이게 만든다. 펄이 들어간 아이섀도와 리퀴드 또는 케이크 아이라이너를 쓰고, 마스카라를 2번 이상 칠해 주면 눈에 시선을 집중시킬 수 있을 것이다. 눈을 커 보이게 하기 위하여 속눈썹을 위로 올려 주는 것을 잊지 말자.

원시 원시에 사용하는 안경은 눈을 확대시켜 비정상적으로 커 보이게 한다. 이런 경우 눈 화장이라도 적게 할 필요가 있다. 매트한 느낌의 아이섀도를 쓰고 아이라인도 가늘게 그리자. 그리고 마스카라는 될 수 있으면 한 번만 칠하자.

메이크업시 적당한 조명은

부적합한 조명 아래의 메이크업은 어둠 속에서 옷을 입는 것과 같다.

1. 화장실 거울에 25와트의 백열등을 설치한다.
2. 메이크업을 할 때 그림자가 지는 것을 방지하기 위해 거울의 양편에 스탠드를 놓도록 한다.
3. 외출하기 전, 밝은 창 옆에서 거울을 보고 다시금 확인한다.

 ## 보다 빠른 메이크업

5분 메이크업

1. 그림자진 부분이나 잡티 위에 컨실러 대신 파운데이션을 바른다.
2. 눈꺼풀을 중간 톤 새도로 칠한다.
3. 눈꺼풀 위아래에 아이라이너를 사용한다.
4. 입술에 어울리는 색의 립스틱을 발라 준다.

3분 메이크업

1. 옅게 색이 들어간 모이스처라이저를 얼굴 전체에 바른다.
2. 마스카라를 칠한다.
3. 눈, 입술 및 볼에 브론징 젤을 바른다.

1분 메이크업

립스틱 하나를 이용해 눈꺼풀과 입술, 볼을 모두 처리해 준다.

가장 많은 기능을 가진 화장품을 하나 꼽으라면 아마도 브론저가 되지 않을까. 무엇보다도 브론저는 얼굴에 건강한 분위기를 준다. 그렇다면 어떤 브론저를 고를 것인가. 보통 사용하는 블러셔보다 한 단계 이상 진한 색상은 사용하지 않도록 하자. 건성 피부를 가진 사람이라면 리퀴드 브론저를, 지성 피부라면 브론징 파우더를 이용하자. 그리고 뺨이나 코, 턱 부분에 브론저를 사용하자. 한층 더 드라마틱한 느낌을 살리고 싶다면 큰 브러시로 브론저를 얼굴 전체와 목, 어깨 부분에 고루 칠해 주면 된다.

상품의 겉면에 '천연'이라는 글씨가 찍혀 있다고 화학 성분 등의 자극물질이 들어 있지 않다고 생각한다면 그것은 착각이다. 오직 식물 추출물로만 만들어졌다는 상품에도 피부 트러블을 일으킬 수 있다. 구입하기 전에 민감한 부분인 팔 안쪽에 먼저 테스트를 해보는 것이 좋다.

중요한 데이트가 있는가? 화려한 모델이 되고 싶은가? 이럴 때를 위해 방법을 소개한다.

1. 진주빛 파우더를 브론징 젤과 섞고 얼굴 전체에 바른다.
2. 진한 갈색 펜슬을 이용해 위아래 속눈썹의 라인을 그려 준다. 이때, 눈꼬리 끝까지 그린다. 펜슬 위로 진한 갈색 샤도를 칠한다. 쌍꺼풀 안까지 새도를 칠해 준다.

3. 속눈썹에 컬을 주고 인조 속눈썹을 눈꼬리에 붙인다.

4. 뺨에다 크림 또는 젤 블러셔를 발라 촉촉한 분위기를 연출한다.

5. 누드 펜슬로 먼저 립라인을 그려 주고 투명 글로스로 그 위를 덧칠해
   섹시한 입술을 만들어 준다.

파스텔 계열의 섀도를 어떻게 활용하나요?

먼저 눈두덩이 전체를 파스텔 섀도로 칠한 다음 짙은 회갈색이나 회색을 눈꺼풀에 발라 주자. 또 파란색이나 핑크 색뿐 아니라 심지어는 노란색까지도 써 보자. 이렇게 하면 파스텔 색상으로 인해, 눈 전체가 밝게 보이면서 천박하지 않고 단정하게 보인다.

광대뼈를 볼륨 있게 처리할 수 있는 방법은 없나요?

광대뼈가 있는 것처럼 보이기 위한 손쉬운 방법을 소개하면 다음과 같다.

1. 크림 블러셔를 사용하면 누구라도 쉽게 광대뼈의 효과를 낼 수가 있다. 광대뼈 부분에 살짝 찍고 위쪽으로 문질러 주면 효과 만점!
2. 작은 블러셔 브러시를 이용해 흰색 섀도를 광대뼈 부근에 칠한다. 그 밑에 옅은 갈색 블러셔나 브론징 파우더를 바른 후, 가볍게 서로 섞어 준다.

아이라인을 즐겨 그리지만 눈이 더 작아 보이는 것 같아 고민이에요?

혹시 지나치게 진한 색상의 라이너를 사용하고 있지는 않은지. 그렇다면 회색이나 진한 갈색으로 바꿔 주자. 또 다른 가능성으로는, 라인을 너무 두껍게 그리고 있지는 않은지 확인해 보도록 한다. 만약, 그렇다면 보다 가는 라인으로 그리는 연습을 하자.

메이크업 색상은 어떻게 코디하는 것이 좋나요?

최근의 경향은 얼굴과 비슷한 계열의 색상을 이용하는 거다. 그러나 생각처럼 쉽게 결정 내리기가 어렵다면 먼저 립스틱부터 발라 보자. 이렇게 하면 다음 선택이 한결 쉬워진다.

말려 올라간 눈썹을 뽑는 쉬운 방법은 없나요?

이런 경우, 가장 어려운 점을 들자면 한번에 너무 많은 눈썹이 뽑히거나, 혹은 전혀 엉뚱한 눈썹을 뽑는 데 있다. 눈썹을 제거하기 전에 먼저 눈썹에 스타일링 젤을 약간 묻혀서 곧게 만들면 눈썹이 쉽게 잡힌다.

긴 코를 짧아 보이게 하는 방법이 있나요?

긴 코를 짧아 보이게 하려면 코끝의 바로 밑부분에 피부색보다 약간 진한 톤의 파운데이션을 발라 주면 된다. 얼굴의 나머지 부분에는 보통 때 쓰던 파운데이션을 그대로 사용한다.

처진 눈꺼풀에 집중되는 시선이 너무 싫어요?

눈꺼풀 위에 중간 톤의 크림 섀도를 전체적으로 발라 준다. 눈의 바깥쪽 반만큼을 진한 섀도를 이용해 옆으로 누운 'V'자 형태를 만든다. 주름 방향을 따라 아이섀도를 펴 주고, 라인은 끝부분이 살짝 위로 올라가게끔 그려 준다.

아이섀도 선택은 어떻게 해야 하나요?

피부색이나 머리카락 색을 고려하자. 밝은색의 피부일수록 아이섀도는 더욱 차분한 중간 톤으로 골라야 한다.

눈썹을 그리면 자꾸만 일자 눈썹이 되는데, 어떻게 하면 자연스러운 라인을 그릴 수 있나요?

당장 펜슬의 사용을 중단하고, 자신의 눈썹 색깔고- 비슷한 아이섀도를 골라 눈썹을 그려 주면 된다.

처진 입술을 커버할 수 있는 방법이 있나요?

펜슬로 입꼬리를 위로 향하게 수정하여 그리는 방법이 있다. 또 다른 방법으로는 처진 부위에 파운데이션을 여러 번 바르고 스펀지로 문질러 펴 준 다음, 라인을 새롭게 그린 뒤 립스틱을 발라 보자.

얼굴에 나타나는 붉은 반점을 가릴 스 있는 방법이 있나요?

노란색 아이섀도를 파운데이션이나 모이스처라이저 또는 컨실러와 섞는다. 이를 원하는 부위에 두드리거나 브러시해 준다. 노란색을 많이 사용할수록 붉은 부위를 더 효과적으로 커버할 수가 있다. 그 위에 파우더를 부드럽게 두드려서 마무리한다.

제 7 장

아름다운 머릿결을 갖자

1. 머리를 위한 나만의 이벤트

아름다운 머릿결을 가진 여성이 최고의 찬사를 받는 데에는 그만한 이유가 있다. 머리가 단정하고 예뻐 보이지 않으면 입고 있는 옷이 제아무리 비싸도, 메이크업에 온갖 정성을 쏟았어도 전체적인 모습을 망쳐 버리게 된다. 손질하기 어려운 머리카락에는 공통점을 가지고 있다. 심하게 곱슬거린다, 너무 건조하다, 또 기름기가 지나치게 많다 등등. 여기서 특히 강조하고 싶은 점은, 머리카락 문제에 관해서는 해결방법이 존재한다는 것이다.

내게 맞는 헤어 스타일리스트 찾기

실력있는 헤어 스타일리스트를 찾는 일이란 상당히 어렵지만 그만큼 가치 있는 일이기도 하다. 하지만 어디로 가서 누구를 믿고 내 머리를 맡겨야 하는 것일까?

✔ 친구든 길을 지나가는 사람이든, 멋진 헤어스타일을 하고 있는 사람이

있다면 무조건 붙잡고 물어 보자.

✓ 잘 알려진 유명 미용실에 예약을 하되, 그곳의 '원장' 또는 '마스터 스
타일리스트'와 약속을 잡도록 하자. 돈이야 좀 들겠지만 다년간의 노하
우로 단련된 스타일리스트를 얻게 되는 것이니 그것으로 위안을 삼자.

✓ 만일 스타일링이 30분도 걸리지 않고 끝났다면 좀더 손을 봐 달라고 하
자. 큰 돈을 들인 만큼 그 정도의 요구는 합당한 것이다.

✓ 원하는 헤어스타일이 찍힌 사진을 들고 가자. 스타일리스트는 우리네
마음까지 읽을 줄 아는 독심술사가 아니다. 무조건 들어가서 영화배우
누구누구 머리처럼 해달라느니, 어느 탤런트의 스타일이 좋다느니 떠
들어대 봤자 듣는 사람에게는 너무 모호하고 막연하게만 들리기 때문
이다.

건강하고 윤기 있는 머릿결 만들기

어떤 타입의 샴푸를 사용하느냐에 따라 머리카락 상태에 지대한 영향을
미칠 수 있다. 매일 사용하는 샴푸를 바로 알고 제대로 사용한다면 머리카
락에 볼륨감과 윤기를 줄 수 있다. 이를 위해 집에서 직접 훌륭한 샴푸를 만
들어 낼 수도 있으며, 때에 따라 한두 가지 요소를 첨가함으로써 최고의 제
품으로 바꾸어 놓을 수도 있는 일이다.

머리카락을 보다 굵게 만들려면 샴푸 1/4컵에 젤라틴 한 덩어리를 넣어
서 머리를 감는다. → 식초 1/2컵에 레몬즙 1/2컵을 넣어 섞은 뒤 머리에 바
른다. → 뜨거운 타월로 머리를 감싼 후 약 15분간 그대로 둔다. → 김빠진
맥주 1/2병으로 헹구어 낸다. → 마지막으로 샴푸와 컨디셔너를 해준다.

　윤기 있는 머릿결을 만들려면　샴푸 1/4컵에 보드카 1/4컵을 첨가해 사용한다. → 평소에 쓰는 컨디셔너를 사용한 후 레몬즙이나 식초 1/4컵에 물 반 컵을 섞은 것으로 헹궈낸다.

　튼튼한 머리카락을 만들려면　평소 사용하는 샴푸에 달걀을 섞어 머리를 감듯이 골고루 묻혀 준 상태에서 5~10분 정도 두었다가 헹궈낸다.

> **잠깐만!!!**　이때에는 반드시 미지근한 물에 헹구도록 한다. 뜨거운 물을 사용하면 머리 위에서 달걀이 그대로 스크램블이 되어 버릴 수도 있으니 말이다.

　샴푸를 바꾸자　2주나 3주마다 사용하는 샴푸를 바꾸어 주자. 바꿀 때가 되었다는 것은 머리카락이 스스로 말해 줄 것이다. 다음은 그 증상이다.

✔ 샴푸 후에 머리가 무겁게 내려앉는 것처럼 느껴진다.

✔ 스타일 만들기가 몹시 어려워졌다.

✔ 머릿결에 윤기가 없고 매끄럽지 못하다.

> **잠깐만!!!**　1. 머릿결을 건조하게 만드는 알코올이 든 제품의 사용을 피하자.
> 2. 머리를 아주 깨끗이 씻어내고 싶다면 샴푸 2티스푼에 베이킹 소다 1테이블스푼을 섞어 사용하자.

머리를 감을 때 올바른 방법

✔ 머리를 감을 때에는 손톱이 아닌 손가락 끝을 이용하자.

✓ 머리를 헹굴 때에는 너무 뜨거운 온도는 피하고 미지근한 물을 사용하자.

✓ 머리카락이 잘 자라도록 두피를 마사지해 주자. 이는 머리카락의 성장
을 방해하는 잔여물들을 제거하는 역할을 하기 때문이다.

> **잠깐만!!!** 매일 머리를 감으면 머리카락이 많이 빠진다고 하는데 이는 틀린 얘기다. 머리를 너무 빡빡 심하게 감는다면 두피에 약간의 손상이 갈 수도 있는 일이지만, 실제로 깨끗한 두피는 노폐물이 축적되는 것을 막아 오히려 머리카락이 자라는 일을 돕는다.

2. 헤어 트리트먼트는 이렇게

곱슬거리는 머리카락에는

아보카도와 달걀 노른자를 섞어 짓이긴다. 적어도 15분 이상 그 대로 두어 머리에 스며들도록 한다. 그 다음에 헹궈내고 평소처럼 샴푸와 컨디셔너를 사용한다.

건조한 머리카락에는

꿀 1/2티스푼에 마요네즈 2테이블스푼을 넣는다. 머리에 마사지하듯 바르고, 10~15분간 그대로 둔다. 트리트먼트의 효과를 극대화하려면 햇볕을 쬐거나 헤어 드라이어로 말려 준다. 탄산수로 헹궈낸 후, 샴푸와 컨디셔너를 한다. 다른 방법도 있다. 생크림 1/2컵을 머리에 바르자. 그리고 30분간 그대로 두었다가 헹궈내고 다시 샴푸해 주자.

비듬이 있거나 건조한 두피에는

비듬이 있거나 두피가 건조하다면

비듬이란 쉽게 말해 두피에 사는 박테리아를 말한다. 이는 머리 바깥 부분에서 시작되고 상당히 가렵다. 건조성 두피도 이와 유사한 성격을 띠며, 때때로 헤어 관련 용품이 맞지 않아 생기기도 한다.

비듬 퇴치법

✓ 피마자유에 탈지면을 살짝 담근다. 이것으로 이마와 머리 경계부터 시작해 두피 전체를 문질러 주어, 두피에 일어난 비듬을 녹인다. 이런 상태로 약 10분간 두었다가 씻어 낸다.

✓ 위치헤이즐 1/2컵과 구강청정제 용액 1/4컵을 함께 섞는다. 이를 막 감은 머리에 뿌려 준다. 구강청정제는 세균을 죽이는 살균제 역할을, 위치헤이즐은 유분을 컨트롤하는 천연 아스트린젠트의 역할을 한다.

✓ 천일염으로 두피를 마사지해 주는 방법도 있다. 천일염은 불필요한 각질을 자연스럽게 제거한다.

✓ 샴푸 1/3컵에 아스피린 5알을 녹여서 사용해 본다.

✓ 올리브 오일 2테이블스푼에 로즈메리 1티스푼을 넣는다. 이것을 머리에 바르고 10분간 두었다가 씻어낸다.

✓ 비타민 E 오일뿐 아니라 비타민 E 캡슐도 두피에 잘 문질러 주면 각질층을 제거하는 역할을 한다.

✓ 알로에 베라 젤을 탈지면에 묻혀 두피에 문질러 주면 즉각적인 효과를 얻을 수 있다. 약 5분간 두었다가 샴푸하고 헹구어 낸다.

두피 건조증 치료법

마요네즈 2테이블스푼에 바닐라 엑기스를 두 방울 떨어뜨려 섞는다. 이것으로 두피에 마사지한 후 머리 전체를 알루미늄 호일로 감싸 준다. 이 상태로 15분간 두었다가 깨끗이 씻어낸다.

최고의 스타일링 제품

헤어 스타일링의 비법 가운데 하나가 김빠진 맥주를 이용하는 것이다. 맥주를 이용하면 머리카락이 지저분하게 달라붙지도 않을 뿐더러, 머리에 탄력을 주는 데도 그만이다. 또 맥주는 자꾸만 처지려고 하는 파마 머리나 자연 곱슬머리에 생기를 불어넣는 데도 효과적이다. 마른 머리에 스프레이로 맥주를 뿌려 준 후 머리를 매만져 스타일을 살려 보자. 스프레이 병에 김 빠진 맥주 1/2컵을 부어 넣는다. 세팅이나 스타일을 만들기 전에 방금 감은 머리에다 뿌려 준다. 냄새는 곧 날아가 버리니 그 문제는 걱정하지 말자.

환경을 생각한 헤어 스프레이 만들기

뜨거운 물 한 컵에 설탕 1테이블스푼을 넣어 녹인다. 이것을 차게 만들어 스프레이 통에 넣어 사용해 보자.

3. 머리카락에 생기는 문제점 해결은

✔ 잘 익은 바나나를 으깨어 아몬드 오일 몇 방울을 떨어뜨려 섞는다. 머리 전체를 마사지한 다음 약 15분간 그대로 둔다. 탄산수로 헹구고 샴푸와 컨디셔너를 차례로 해준다.

✔ 참기름 2티스푼과 요구르트 1/2컵을 머리카락과 두피에 고루 바른다. 그런 다음 호일로 감아 열의 방출을 막아 준다. 그 상태로 30분간 두었다가 깨끗이 헹구어 낸다. 마지막에 컨디셔너로 마무리해 준다.

힘없이 부드럽기만한 머리카락에 볼륨을 주고 싶다면 드라이를 하기 전 모근(머리카락의 뿌리) 부분에 스프레이를 뿌려 준다. 직경 5cm 정도 되는 크고 둥근 브러시를 이용해서 모근에 가깝게 만 상태로 드라이를 한다. 정수리 부분은 세팅 롤로 한 번 말아 주는 것으로 마무리한다.

밤사이 머리에 볼륨을 주려면

머리카락을 쓸어 올려 정수리 위에 말꼬리처럼 묶어 준다. 그 상태로 잠자리에 들면 다음날 아침에 볼륨 있는 머리를 만들 수 있다.

꼬이거나 헝클어지는 머리에는

웨이브로 인해 머리카락이 자꾸 엉킬 때에는 실리콘이 함유된 곱슬방지용 세럼을 두발 전체에 발라 준다. 커다란 둥근 브러시를 이용해 빗은 후, 드라이를 한다. 이때 머리카락을 팽팽하게 잡아당겨 주면서 만져 주는 것을 잊지 말자.

염색 후 자라난 모근 처리는

염색 후 자란 머리가 모근 부분의 색과 다를 때 상당히 보기 싫지만, 다시 염색할 시간적인 여유가 없다면? 짧은 시간으로 모근 부분을 감쪽같이 위장시켜 보자.

컬러 스프레이를 이용한 부분 염색 대부분의 화장품 가게나 미용실이라면 어디에나 구비되어 있다.

세팅 롤을 이용한 위장법　모근과 정수리 부분의 머리를 세팅 롤로 둥글게 말아서 강한 볼륨이 생기도록 한다. 이렇게 하면 두피로부터 머리카락을 세워 주는 효과를 내 윗부분과 색이 다른 모근을 감출 수 있다.

가르마를 이용한 위장법　서로 엇갈리는 지그재그 모양의 가르마를 타면 새로 나온 머리카락을 가릴 수 있다.

기름진 머리카락　티슈 한 장으로 두피를 문질러 보자. 만일 티슈에 오일이 묻어 나온 것이 보인다면 다음과 같은 방법을 써 보는 것이 좋다. 먼저 평소에 사용하는 샴푸부터 체크해 보자. 샴푸가 머리카락에 쓸데없는 잔여물을 남기고 있는 주범일지도 모를 일이다. 일주일에 한 번 정도 머리에 아스트린젠트 1/2컵을 붓고 10분 정도 놓아둔 다음, 깨끗이 헹구어 내자.

기름기가 많은 머리카락을 위한 토닉　달걀 1개, 우유 1/2컵, 레몬즙 2테이블스푼 이 세 가지를 한데 섞은 다음, 두피에 마사지해 준다. 알루미늄 호일로 머리를 감싼 후 30분간 그대로 둔다. 마지막에 사과 식초로 헹구어 낸다.

사과로 머리카락에 윤기를　사과즙 속의 펙틴 성분은 과다한 피지를 흡수, 두발을 아주 청결한 상태로 만들어 준다. 대접에 사과즙 1/3컵과 식초 1/2티스푼을 넣고 섞는다. 깨끗이 헹구어 낸 머리에 이 용액을 붓는다. 15분간 그대로 두었다가 탄산수로 헹구어 낸다. 식초는 사과가 더 빨리 기름기를 흡수할 수 있도록 도와 준다.

탈색 또는 변색되는 머리카락

평소 사용하는 제품에 주의하자. 비듬용 샴푸는 원래 머리카락을 탈색시키는 것으로 악명 높다. 심지어 염색이 너무 심하게 된 머리를 약간 탈색시키고 싶을 때 이 비듬용 샴푸를 사용할 정도니까. 이런 경우에는 비알칼리성의 순한 샴푸를 선택하자. 무엇보다도 아기용 샴푸가 적합할 것이다. 만약 비듬이 있는 사람이라면 비듬 치료를 위한 다른 방법이 있다. 별로 비싸지 않은 큰 샴푸를 한 통 구입해서 여기에 아스피린 30알을 넣어 용해시키자. 냉장시켜야 할 필요도 없고, 탈색의 위험도 없다.

✔ 염색한 후 이틀 정도는 머리를 감지 않는 것이 탈색을 막아 주는 데 매우 효과적이다.
✔ 머리를 감을 때에는 언제나 미지근한 물을 이용하자. 뜨거운 물은 머리카락의 표피를 자극해 탈색되기 쉽다.

끝이 갈라진 머리카락

마른 상태에서 머리카락을 약간만 잡아 두피에서부터 끝부분까지 한 번 비틀어 본다. 중간에 삐죽삐죽 튀어나오는 게 보인다면 현재 머리카락 끝이 갈라지고 손상된 상태임을 말해 준다. 이와 같은 머리카락의 손상은 잦은 염색이나 드라이, 또는 젖은 상태의 머리를 너무 심하게 빗질하는 것이 원인일 수가 있다.

✔ 성긴 빗을 이용해 머리 끝부분부터 부드럽게 먼저 빗어 주도록 한다.
✔ 드라이를 할 때 머리에 너무 가까이 가져가지 않도록 하고, 열기가 한 곳에 집중되는 것을 피해 이리저리 움직여 주자.

머리를 감을 때처럼 고개를 거꾸로 숙여 뿌리 쪽을 시원할 정도로 문질러 주면서 손가락으로 머리카락을 쓸어 내린다. 그 상태에서 헤어 스프레이를 약간 뿌려 준다.

파마한 컬이 너무 강하다면

드라이어로 부드럽게 말린다. 드라이어의 열이 컬을 자연스럽게 만들어 줄 것이다.

뻗쳐서 부풀려진 머리

바깥 공기가 매우 습한 경우, 곱슬머리나 웨이브진 머리는 걷잡을 수 없이 사방으로 뻗쳐, 원치 않는 심한 볼륨을 연출하곤 한다. 이런 경우에는 평소보다 많은 양의 컨디셔너를 사용해 머리의 숨을 죽이자.

정전기가 발생한 머리

✓ 정전기 방지제를 브러시에 뿌려 이용하자.

✓ 머리에 핸드 로션을 발라 주자.

✓ 머리가 마른 상태에 트리트먼트 스프레이를 뿌려 주자.

✓ 액체로 된 섬유 유연제 1/4컵에 같은 양의 물을 섞어 머리에 뿌려 주자.

컬과 웨이브를 살리려면

같은 양의 물과 컨디셔너를 섞어 스프레이 병에 넣는다. 스프레이한 뒤 머리를 약간 흔들어 준 다음 그 상태 그대로 자연스럽기 말린다.

구불거리는 컬에 볼륨을 주려면

컬이 들어간 머리에 직접적으로 드라이를 하면 컬을 살리기가 힘들다. 이럴 때에는 드라이어 끝에 팬티스타킹의 윗부분을 고무줄로 묶어 바람의 세기를 줄여 주면 컬을 자연스럽게 살릴 수 있다.

푸석푸석한 머리

마른 상태의 머리에 아몬드 오일을 문질러 주면 뭉침 없이 윤기를 제공한다.

4. 헤어 제품을 최대한 활용하기

될 수 있으면 적은 양을

약간만 덜어 사용하는 습관을 들이자. 머리에 바르기 전에, 먼저 손바닥에 제품을 덜어 문지르도록 한다. 그러면 제품을 머리 전체에 고르게 묻힐 수 있다.

> **잠깐만!!!**　자신의 머릿결에 알맞은 제품 선택을 위해 항상 첨가된 성분을 체크하도록 하자.

헤어 타입에 따른 제품 선택

가는 머리카락　소맥 단백질과 중합체가 함유된 제품을 고른다. 이는 코팅의 효과로 머리카락이 두껍게 보이도록 해준다.

건조한 머리카락　실크 아미노산은 두발을 부드럽게 하고 머릿결을 보호해 준다. 레시틴 역시 머릿결을 복구시키는 역할을 한다.

정상적인 머리카락에는 젤이나 크림 타입의 제품이 무게감 없는 윤기를 더해 줄 것이다.

굵고 거친 머리카락에는 이런 타입의 머릿결에 가장 적당한 것은 예전에 많이 사용되던 포마드 기름이다. 윤기를 더해 줄 뿐 아니라 보습 작용도 함께 해준다.

딸기를 이용한 헤어 팩 딸기 여덟 개를 으깨어 마요네즈 1테이블스푼과 함께 섞는다. 한번 헹구어 낸 젖은 머리에 이것으로 마사지해 준다. 그 다음에는 샤워 캡을 쓰고 그 위에 따뜻한 타월로 감싸 준다. 마지막 단계에서는 컨디셔너 겸용 샴푸로 감아 준다. 강한 산성을 띤 이 달콤한 혼합물은 머릿결을 보호할 뿐 아니라 윤기가 흐르는 머릿결을 만드는 데 큰 효과를 나타낸다.

윤기 있는 머릿결을 위한 몇 가지 정보들
- ✓ 열 활성화 샴푸를 사용하자.
- ✓ 적어도 일주일에 한 번씩은 컨디셔너를 사용하자.
- ✓ 너무 많은 스타일링 제품을 사용하면 오히려 머리카락을 뻑뻑하게 만들 수 있으니 주의하자.

어떤 제품을 사용해 봐도 머리카락이 계속 뻑뻑하고 생기가 없다면 현재 사용하는 물을 한번 체크해 보도록 하자. 비누가 잘 녹지 않는 경수는 흔히 미네랄을 함유하고 있어 장기간을 두고 사용하는 경우 이것이 머리에 축적 될 수 있다.

경수 테스트　시중에서 파는 생수와 집에서 쓰는 물을 준비하여 두 개의 컵에 각각 나누어 담는다. 식기세척제 1테이블스푼씩을 각 컵에 넣은 다음, 거품이 일어날 때까지 저어 준다. 집에서 사용하는 물이 담긴 쪽에 거품이 덜 일어난다면 이는 경수라고 판단할 수 있겠다. 이러한 경우에는 샴푸를 하고 마지막에 헹구어낼 때 생수를 이용하도록 하자.

5. 헤어스타일을 이용해 얼굴의 단점 부분을 가리자

솜씨 있는 스타일리스트라면 얼굴에 따라 알맞은 커트법을 사용하여 얼굴이 본래보다 작아 보이게끔 만들 수 있어야 한다.

✔ 층을 제대로 내는 것이야말로 갸름하고 예쁜 얼굴형을 만들어 내는 데 가장 중요한 역할을 한다. 관자놀이 근처에서부터 광대뼈 바로 아래까지 자연스러운 각도로 층을 넣어 주면 통통한 뺨도 홀쭉하게 보인다.

✔ 동그란 얼굴에는 거꾸로 된 V자 형태의 삐죽삐죽한 앞머리가 효과적이다. 이렇게 하면 얼굴이 길어 보일 수가 있다 앞머리는 이마 중앙 부분이 가장 짧게 되도록 하자.

✔ 이중 턱은 귓불 바로 밑의 턱뼈 길이에서부터 머리에 층을 내는 것으로 쉽게 가릴 수가 있다. 턱 바로 밑까지간 층을 내도록 하자.

✔ 불필요한 시선을 떼어 내려면, 둥글게 말린 몇 가닥의 머리카락을 아래로 살짝 늘어뜨리고 나머지는 전체적으로 우아하게 위로 올리면 된다.

✔ 하나나 두 가지 색을 이용한 염색을 고려해 보자. 얼굴을 화사하게 보이게 할 뿐 아니라 광대뼈가 두드러지는 것을 막아 준다.

6. 컬 만들기와 유지는 어떻게

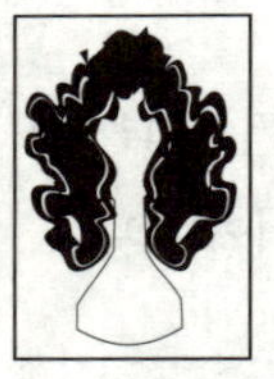

컬 만들기

포크를 들고, 스파게티를 먹을 때처럼 약간의 머리카락을 돌돌 감아 준다. 여기에 스프레이를 뿌린 다음 그 상태에서 드라이어로 말린다. 포크의 금속 성분이 열을 흡수·방출해 오래 지속되는 소용돌이 모양의 컬을 만들어 줄 것이다.

컬 유지하기

인위적인 컬이건 곱슬머리 컬이건, 어느 정도의 손질을 통해 구불거리는 상태를 지켜 줄 필요가 있다.

✔ 심한 곱슬거림이나 뻐치는 것을 방지하고 관리를 보다 쉽게 하기 위해서는 리브 인 컨디셔너를 사용하는 것이 좋다.
✔ 컬을 보다 잘 유지하려면 브러시보다는 일자로 된 빗을 사용하는 것이 좋다. 가능하다면 머리는 드라이어를 사용하지 않고 말리는 것이 좋다.

7. 머리카락을 보호하려면

수영장 물 때문에 머릿결을 망칠 수가 있는데, 이유는 그 속에 함유된 염소 성분이 강한 탈색 작용을 하기 때문이다. 또한 탈색뿐 아니라 얼룩덜룩한 얼룩을 남기기도 한다. 이를 방지하기 위한 가장 좋은 방법은 수영 모자를 착용하는 것이다.

태양으로부터 머리카락을 보호하려면

물 1/2컵과 SPF 25 자외선 차단제 1/2티스푼의 혼합물로 자외선으로부터 머릿결을 보호하자. 머리를 손질하기 전에 이 혼합물을 젖은 머리에 듬뿍 뿌려 주자.

지나치게 헤어 드라이어를 사용하고 있다면?

드라이어를 '강'에 맞추고 3인치 정도의 거리에서 손에 직접

"

바람을 쐬어 보자. 드라이어의 열이나 바람이 너무 뜨거웠다면 현재 드라이어의 세팅은 너무 뜨거운 상태라는 것을 말해 준다. 이는 머리카락에 손상을 주는 데 치명적이다. 드라이어를 사용할 때에는 일정거리를 두고, 너무 자주 사용하는 것을 삼가자.

8. 풍부한 헤어 컬러를 연출하려면

요즘 나오는 염색약들은 집에서 혼자 해도 효과가 아주 좋고, 자연스러운 느낌도 충분히 살려 준다. 염색을 하려면 샴푸한지 이틀 후에 하자. 그렇게 하면 색깔이 더 잘 들기도 하지만, 샴푸를 한 직후에 민감한 상태에 놓여 있는 두피에 자극을 주지 않아서 좋다. 그리고 머리카락에서 나오는 유분이 보호막을 형성해 염색시 머리카락의 손상을 막아 주기도 한다.

짙은색의 머리에는

머리색이 짙은 사람은 홍차나 호두, 커피를 이용하여 일시적으로 아름다운 컬러를 연출해 볼 수가 있다.

✔ 머리를 마지막으로 헹굴 때 진하게 우려낸 홍차를 이용해 보자. 또 한

컵 분량의 물에 잘게 썬 호두를 넣고 끓인다. 액체만을 걸러내 머리 위에 붓고 30분 후에 샴푸해 준다. 다른 방법으로는 에스프레소나 진한 커피를 끓이자. 이 커피액을 마른 상태의 머리에 붓고 30분간 놓아두었다가 머리를 감는다. 이러한 방법들은 검정이나 흑갈색의 머리카락에 반짝이는 하이라이트의 느낌을 살려줄 것이다.

✓ 식초 1/2컵과 간장 1/4컵을 섞은 용액으로 짙은색을 지닌 머리에 하이라이트와 약한 염색의 효과를 주자. 간장에는 머리카락에 힘을 주는 단백질 성분이 들어 있을 뿐 아니라 갈색 계통의 색소를 함유하고 있다. 이를 약 15~20분간 놓아두었다가 완전히 헹구어 낸다.

✓ 붉은 계통이 머리색을 더 밝게 만들거나 어두운 색의 모리에 붉은색 하이라이트의 느낌을 주려면 마지막으로 머리를 헹굴 때 크랜베리 주스 1/2컵을 사용하자.

밝은색의 머리에는

캐모밀 티 한 컵을 아주 진하게 우려내자. 이를 미지근해질 때까지 식힌 다음, 마른 머리 위에 뿌리거나 함께 빗질해 준다. 이를 20분간 그대로 두었다가(가능하면 햇빛이 드는 곳에서) 샴푸하고 헹구어 낸다. 이렇게 하면 머리색을 한층 밝게 하고 금발이나 밝은 갈색 머리에 살짝 하이라이트를 주는 역할을 한다.

《머리와 관련된 질문들》

머리 모양이 마치 헬멧처럼 착 달라붙는 것을 해결할 방법은 없나요?

드라이를 할 때 사용하는 둥근 브러시를 너무 작은 것을 사용하기 때문일 경우가 많다. 큰 브러시로 바꾸어 사용해 보자. 그러면 원하는 만큼의 볼륨감을 살릴 수 있을 것이다.

머리를 곧게 펴고자 할 때 스트레이트 파마와 금속 고데기를 이용하는 것 중 어느 쪽이 좋나요?

많은 모델들이 그러하듯 매일매일 고데기를 이용해 머리를 손질하는 사람이라면 차라리 스트레이트 파마를 해주는 것이 훨씬 나을 것이다. 잦은 금속 고데기의 사용은 머리를 자주 '지지는' 것이나 다름없기 때문이다. 화학약품을 이용한 스트레이트 파마를 하기 전에는 머리끝을 잘 다듬고, 1~2주 간 컨디셔닝이나 트리트먼트에 치중하여 머릿결이 상하지 않도록 하자.

왜 집에서는 미용사가 해준 것과 같은 헤어스타일을 만들기 어렵나요?

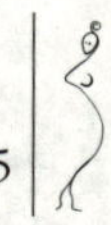

여러 가지 이유가 있겠지만, 가장 큰 이유는 머릿결과 브러시의 각도 때문이다. 미용사가 머리를 만져 줄 때에는 머릿결 방향과 일치하면서, 둥근 브러시를 사용할 때 적당한 힘을 계속해서 주면서 브러시를 굴려 줄 수 있어서이다.

제 8 장

나만이 갖는 센스있는 스타일

1. 스타일의 비밀은 무엇?

스타일은 한 개인을 돋보이게 만드는 독특한 것이다. 단, 이것을 '패셔너블' 하다는 말과 혼동하지는 말자. 스타일이란 패션과는 그다지 관계가 없고, 패션만이 스타일을 좌우하는 것은 아니기 때문이다.

가지고 있는 옷들을 깔끔하게 추려 내자

대부분의 사람들이 자신이 가진 옷의 20%만 입는다는 통계가 나왔다고 한다. 나머지 80%는 특별한 행사 때 입거나, 유행에 너무 뒤떨어진 옷, 너무 작아서 맞지 않는 옷, 또는 뭔가 나름의 추억 때문에 못 버리는 옷 등인 것이다. 지난 일 년 간 한번도 입지 않은 옷이 있다면, 쓸데없이 자리만 차지하게 두느니 과감히 처리해 버리는 쪽을 택하자.

나만의 의상실 만들기

심플한 멋을 아는 사람이 되자 스타일이 심플할수록 더 고급스러워 보이는 법이다. 그뿐 아니라 치렁치렁 많은 장식들은 의복의 수명을 짧게 만들므로 좋지 않다. 만일 액세서리가 좀더 필요하다면 작은 깃털 장식을 더하도록 하자.

세세한 부분에 신경을 의상의 겉모양 못지 않게 중요한 것이 바로 그 옷이 어떻게 만들어졌느냐 하는 것이다. 진동 둘레의 바느질에서부터 단추의 질에 이르기까지 세부적인 면들을 빠짐없이 모두 꼼꼼히 살펴보도록 하자. 지퍼가 제대로 작동하는지 체크해 보는 것도 잊지 말아야 할 사항 중의 하나!

기본형 검은 원피스 직장에서는 이 위에 재킷 하나만 걸쳐 주면 프로페셔널한 룩을 연출할 수가 있다. 또한 밤이면 여기에 작은 보석이나 진주를 더해 주는 것만으로도 멋진 파티 드레스로의 변신을 하게 된다.

흰 셔츠 지금까지 흰 셔츠만큼 시간이나 계절을 초월하여 꾸준히 사랑받아 온 옷도 드물다. 중간 길이의 세미 양장 셔츠를 선택하자. 주중에는 정장 안에 받쳐 입고, 주말에는 편한 청바지와 함께 입자.

검정 스커트 무릎이나 무릎 바로 위까지 오는 길이의 스커트가 가장 무난하다. 재킷을 걸쳐 얌전한 정장 분위기를 내거나 탱크 탑과 함께 입어 전혀 색다른 분위기를 연출하는 등, 누구나 꼭 가지고 있어야 할 옷 중의 하나이다.

기본형 바지 벨트가 달리고 앞주름이 잡힌 바지를 한두 벌쯤은 갖춰 두도록 하자.

정장용 재킷 진 종류나 드레스 등 어느 것에도 잘 어울린다. 어떤 감을 사용했느냐와 내 몸에 어느 정도 잘 맞느냐가 재킷의 선택에 있어 중요한 기준이라면 기준이다.

가디건 스웨터 사이즈나 뜨개질 짜임이 너무 헐렁하지 않는 것으로 선택한다. 가디건 스웨터는 재킷 대용으로 그만이기 때문에 기본형 바지나 스커트에 코디해 입으면 좋다.

진 클래식한 아이템이면서도 값싸 보이지도 않고 어디에나 잘 어울린다.

레인 코트 이브닝 코트 대용으로도 입을 수 있는 것으로 고르자. 종아리까지 오는 약간 큼지막한 레인 코트는 정장이나 드레스, 또는 진 종류 어느 것 위에 걸쳐도 잘 어울린다.

한 벌 정도는 값비싼 옷으로

가지고 있는 다양한 옷들을 코디해 입을 때 좀더 스타일을 낼 수 있도록 괜찮은 디자인의 값비싼 옷을 한두 벌 정도 구입하자. 나만의 스타일을 만들기 위해 그 정도는 투자할 가치가 있다.

옷은 그 사람을 비추는 거울!

때로는 나만의 고유한 스타일을 어느 정도 고집하는 것도 중요하다. 말끔한 정장 스타일이 나와는 전혀 어울리지 않는다고 느꼈다면, 필요 없는 정장류로 옷장 안을 꽉꽉 채우는 일 따위는 당장 그만 두도록 하자.

바지 정장이나 남성복, 또는 운동복 등은 코디할 때 약간만 지나쳐도 아주 보기 싫은 모습이 될 수 있으니 주의하자. 또 이런 종류의 옷을 입으면서도 여전히 여성스런 분위기를 내고 싶다면 '정말 여성스러운' 무언가를 더해 주도록 하자. 예를 들면, 운동화 안에 레이스나 귀여운 장식이 달린 앙증맞은 양말을 신는 것처럼 말이다.

2. 쇼핑을 알차게 하려면

✓ 다양한 제품들이 구비된 커다란 쇼핑몰이나 백화점을 이용하자. 유명 대형 백화점들은 세일 기간 동안 다른 곳에 비해 비교적 큰 폭으로 할인해 주기도 한다.

✓ 지금 사려고 하는 옷과 어울릴 만한 옷을 가지고 있지 않다면 구입을 삼가라.

✓ 일 년 내내 입을 수 있는 옷인지를 고려하라. 계절에 관계없이 입을 수 있는 옷들은 대부분 품질이 우수하다.

✓ 쇼핑은 혼자서 하는 것이 제일 낫다. 친구들이란 그다지 객관적이지 않기 때문이다.

✓ 구입할 품목들을 메모해 두는 습관을 들이자. 쇼핑할 때에는 언제나 리스트를 갖고 가서 불필요한 충동구매를 없애도록 한다.

✓ 옷을 구입할 때 양보다는 질을 먼저 생각하자. 약간 비싼 듯하지만 정말 잘 어울리고 마음에도 쏙 드는 것을 발견했다면 나중에라도 후회할 일은 없을 것이다. 특히 바지류, 그 중에서도 진 종류는 더욱 그러하다.

✓ 시간에 쫓길 때 쇼핑은 금물. 이럴 때 정확히 원하는 물건을 찾아내기란

무척이나 어려운 일이다. 특히, 이리저리 입어 보고 치수를 잘 확인해야
하는 옷의 경우라면 좀더 한가하고 여유로운 시간을 이용하자.

✓ 스타일뿐 아니라 옷의 기능 또한 염두에 두도록 하자.

✓ 복잡한 프린트가 들어간 옷보다는 비교적 간결한 문양이 들어간 단순한
스타일의 옷을 고르도록 하자. 지금 갖고 있는 옷과 매치해 입을 수 있
을 뿐 아니라 여러 가지 면에서 효율적이다.

✓ 옷 구입 예산을 미리 책정하고 구매시 이를 항상 염두에 두도록 한다.

✓ 정말 마음에 쏙 든다 싶은 것만 구입하자. 살까 말까 망설여지는 경우라
면, 과감하게 지나쳐 버리자.

✓ 물건 팔기에만 급급해 갖은 칭찬과 아부를 늘어놓는 판매직원한테는 생
각할 시간이 필요하다는 말로 따돌리자.

✓ 예산을 너무 빡빡하게 책정하는 것은 좋지 않다.

3. 옷감 선택도 신중하게

캐시미어(Cashmere)　캐시미어는 편한 진이건 아주 우아한 스커트이건 어디에나 고급스럽게 잘 매치되는 옷감이다. 이 옷감은 세탁을 할수록 점점 더 부드러워지는 특성이 있다(샴푸를 이용해 빠는 것도 좋다). 가격이 너무 부담스럽게 느껴진다면 캐시미어 혼방 제품을 찾아보자.

가벼운 모직물　여름용 가벼운 양모 제품은 일 년 중 한두 달을 제외하고는 언제나 입을 수 있어 아주 효율적이다. 옷을 걸쳤을 때 선이 매우 아름다우며 다른 옷감들과도 잘 어울린다.

라이크라(Lycra)　라이크라는 옷감이 제 형태를 유지하게끔 도와 주며, 단 몇 퍼센트만 섞여 있어도 대단한 차이를 가져온다.

가죽이나 스웨이드　부드럽고 유연한 감을 고르도록 한다.

무늬를 넣어 짠 동양식 직물　이런 종류의 옷감은 낮에는 무늬가 없는 심플한 옷과 매치해 입고, 저녁에는 섬세한 느낌의 천이나 비즈(수예품이나 여성복에 장식용으로 쓰이는 작은 유리 구슬) 장식과 함께 입는 것이 좋다.

비치는 직물류　우아하고 섹시한 모습을 연출하고 싶다면 천이 여러 겹 겹쳐져 있거나 안감이 들어간 것으로 고르도록 한다.

저지(Jersey)　우아하게 늘어지는 옷 선을 원한다면 무게가 약간 나가는 감을 선택한다. 몸에 달라붙는 게 싫다면 한 치수 위의 것을 고르도록 하자.

리넨(Linen)　리넨으로 만든 옷을 입었을 때 생기는 주름은 전혀 신경 쓸 필요가 전혀 없다. 리넨이란 원래부터 주름지게 되어 있는 것이므로, 오히려 이 주름의 질감을 잘 살려 입는 것이야말로 이 천의 특성을 잘 살리는 셈이다. 그래도 주름이 신경 쓰인다면, 풀을 빳빳하게 먹이도록 하자.

4. 내 몸에 꼭 맞는 옷 고르기

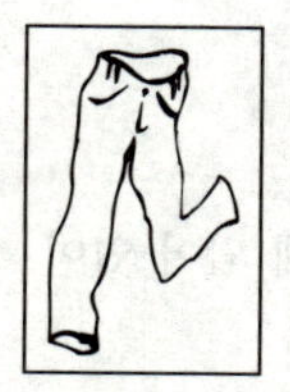

바지

그 어떤 바지를 입어도 거뜬히 소화해 낼 할 수 있는 여성들의 수는 극히 제한적이다. 따라서 홈런을 치기 위해서는 수많은 스트라이크를 거쳐야 하듯, 매장 안의 탈의실에 들어가 삼면 거울에 자신의 모습을 이리저리 비추어 보자. 분명 내게 잘 어울리거나 신체의 결점을 잘 보완해 주는 바지가 어딘가에 있을 것이다.

✓ 히프가 납작한 사람은 뒷주머니가 달린 바지를 선택한다.
✓ 히프가 툭 튀어나온 사람은 허리선이 조금 낮거나 밑위 길이가 짧은 바지가 어울린다.
✓ 허벅지가 두꺼운 사람은 바지통이 넓고 허리끈이 느슨한 바지를 고르도록 한다.
✓ 배가 좀 나왔다면 허리에 고무줄이 들어가 있거나 허리끈을 묶는 바지를 선택한다.
✓ 다리가 특히 두껍다거나 혹은 전체적으로 체격이 크고 뚱뚱한 사람에게

는 가벼운 직물로 만든 바지가 좋다.

✓ 가는 다리에는 빳빳한 감이나 체크 무늬 또는 기하학적인 무늬가 들어
  간 바지가 어울린다.

재킷

대부분의 여성들이 저지르는 실수 가운데 하나가 바로, 몸에 맞지 않는 재
킷을 입는 일이다. 너무 꽉 끼는 재킷은 약간 싸구려 같고, 반대로 너무 큼
지막한 재킷은 한참 유행에 뒤진 80년대의 보이시 스타일 같아 보기 싫을 수
도 있다.

✓ 솔기가 곧고 당기거나, 주름진 부분 없이 바느질이 튼튼하게 되어 있어
  야 한다.
✓ 주머니가 허락하는 한 가장 좋은 옷감을 고르도록 하자.
✓ 안감은 겉감과 옷 선의 흐름이 잘 맞아야 한다.
✓ 상반신이나 가슴이 비교적 큰 사람이라면 더블 재킷이나 장식이 달린
  재킷은 피하도록 한다.
✓ 단추는 재킷 안쪽에서 이중으로 튼튼히 바느질되어 있어야 한다.
✓ 주머니의 모서리 부분은 납작하게 누운 상태로 처리되어 있어야 한다.

상의

블라우스나 스웨터 등은 눈에 더 잘 띄기 때문에 신중하게 고
르지 않으면 남에게 책잡히기 쉽다.

✓ 단추는 짝을 이루는 단추 구멍과 일직선을 이루며 만나야 한다.

✓ 스웨터 등의 긴 상의를 고를 때에는 신장이나 신체 비율을 고려해야 한다. 긴 V넥은 두꺼운 허리를 가려 주고 짧은 목을 길어 보이게 하며, 균형감을 준다.

✓ 세탁할 때를 고려해서 어깨 패드의 모양이 제대로 되어 있고, 옷에 튼튼하게 잘 붙어 있는지를 체크해야 한다.

✓ 천연 섬유로 만든 옷이 합성 섬유보다는 편안하지만, 본래의 옷 모양을 끝까지 유지하기가 힘들다는 점을 감안하자.

코트

코트를 구입할 때에는 최소 3~4년 정도는 입을 생각을 가져야 한다. 따라서 너무 튀지 않는 무난한 스타일로 여유가 되는 한 최상의 것을 사자.

✓ 입었을 때 팔을 자연스럽게 움직일 수 있고, 안에 재킷이나 스웨터를 편안하게 입을 수 있는 것을 고르자.

✓ 100% 울(모직) 또는 모직이 많이 들어간 혼방 제품을 구입하자. 옷의 형태를 오래도록 유지할 수 있을 뿐 아니라, 천연 섬유는 보온 효과도 매우 뛰어나기 때문이다.

✓ 잊지 말고 안감을 체크하자. 안감이 제대로 되어 있어야 입었을 때 라인이 살아나는 법이다. 소매 또한 안감이 잘 덧대어져 있는지를 확인하자.

5. 패션을 망치는 것들

✓ 비닐 쇼핑백

✓ 레이스 스타킹

✓ 바깥으로 드러난 내의

✓ 비치는 란제리

✓ 너무 작고 꽉 끼는 웃옷

✓ 동그랗게 부풀린 소매

✓ 체크 무늬 바지

✓ 몸매와 피부의 동시 노출

✓ 불균형한 패턴이나 프린트

✓ 흰 스타킹

✓ 지나치게 큰 핸드백

6. 어떤 색깔이 잘 어울릴까?

  지금 입고 있는 옷 색깔은 과연 내게 잘 어울리는 색일까? 색깔에 대해서 자신 없는 사람이라면 우선 자신의 피부색과 어울리는 색을 선택하도록 한다. 이 색깔들이 외모를 한층 빛나게 해줄 것이다. 본인은 아무렇지도 않은데 사람들로부터 피곤하거나 어디 아프냐는 질문을 받곤 한다면 특히, 이를 명심하자.

  한참 유행 중인 색의 옷을 입고 싶지만, 자신에게 어울리지 않을 때에는 옷이 아닌 다른 것에서 유행하는 색을 찾아 보자. 즉, 핸드백이나 구두, 스카프 등 액센트용 액세서리에서 찾아 본다면 유행에 뒤쳐진다는 느낌은 들지 않을 것이다.

7. 이런 체형에는 이런 옷을!

대개 하반신이 상반신보다 2~3 사이즈 정도 더 큰 체형이다. 이런 체형에는 밝은색 상의나 어깨 패드가 들어간 상의, 또는 약간 화려한 상의를 입어야 하고, 어두운 색 계통의 바지나 스커트를 입어야지 단점이 보완된다.

굴곡 있는 몸매도 균형이 잘 잡힌 타입이다. 어깨가 넓고 허리가 잘록하며 둥근 히프를 가진 체형이 여기에 속한다. 만약 평균 체중을 가진 모래시계형이라면 아주 심플한 스타일로 이상적인 몸매를 강조하는 것이 좋다. 체격이 큰 편에 속하는 이 체형의 여성은 허리를 너무 강조하는 것보다 길고 넉넉한 스타일의 옷을 입는 것이 좋다.

어깨가 넓고 히프는 납작하며 다리는 곧고, 또 비교적 큰 가슴을 지닌 사

람이 이에 속한다. 날렵하다기보다는 차라리 가는 허리를 가졌다. 이런 타입은 히프가 두드러지도록 해주는 옷으로 강조점을 두는 것이 좋다. 기다란 상의에 슬림한 느낌의 스커트 정도라면 현명한 선택이라 볼 수 있다.

사과모양형

몸통과 가슴이 크고 다리가 가느다란 체형은 가슴선을 최소화해야 할 필요가 있다. 너무 큰 사이즈의 셔츠는 사람을 더 커 보이게 만들므로 붕 뜨는 부분 없이 몸에 잘 맞는 셔츠를 입어라. 또 상체를 길고 날씬해 보이게 하기 위해서는 긴 펜던트 목걸이를 이용하거나 V네크라인 옷을 입으면 된다. 그리고 상체의 거대함을 효과적으로 가리기 위해서는 엉치등뼈를 살짝 덮는 길이의 상의를 입어라. 단, 셔츠 등 상의를 바지에 넣어 입는 것은 피하자.

8. 날씬한 몸으로 보이게 하려면

다리가 예쁘지 않더라도 나름대로 아름답게 보일 수 있는 몇 가지 쉬운 방법들이 있다.

✓ 앞트임이 있는 스커트를 입어라. 특히, 긴 스커트가 어울리는 사람이라면 더욱 효과적일 것이다.

✓ 짧은 스커트에 약간 두툼한 불투명 스타킹을 신어라.

✓ 바지를 입을 때에도 힐을 신도록 하자. 캐주얼한 차림일수록 힐의 두께는 두꺼워야 한다는 사실을 명심하라.

✓ 종아리와 발목이 굵다면 롱부츠를 신자.

✓ 반짝거리거나 직물의 짜임이 드러나는 스타킹은 멀리하자. 다리가 부담스러울 정도로 두꺼워 보인다.

✓ 주름 치마
✓ 지나치게 하늘거리는 직물
✓ 커다란 패턴이나 무늬가 들어간 옷
✓ 지나치게 화려한 액세서리
✓ 프릴이 잔뜩 달린 복고풍의 옷

체형 교정용 속옷을 애용하자

란제리를 바르게 입으면 훨씬 날씬해 보이고 볼륨도 살려 줄 뿐 아니라, 잘못된 체형을 교정해 주기도 한다. 체형 교정용 속옷은 체중이 줄지 않았더라도 체형이 크게 달라 보이도록 만들어 주고, 체중이 감량되는 동안 피부가 처지지 않도록 도와 준다.

✓ 파워 슬립
✓ 가슴을 받쳐 주고 모아 주는 브래지어
✓ 슬리밍 팬티 스타킹
✓ 복부 보조용 거들

날씬해 보이려면 이렇게 따라해 보자!

색깔 몸 치장시 전체를 한 가지 색으로 통일한다면 보다 날씬해 보인다.

스타일 딱 붙는 바지나 슬림한 스커트 위에 길고 산뜻한 재킷을 덧입어 주면 비만인 허리나 큰 가슴, 그리고 히프를 살짝 감춰 줄 수 있다. 만약 히프를 덮고 비만인 허벅지까지 가려 주는 재킷이라면 더욱 환영!

사이즈　지나치게 큰 치수의 옷을 입으면 더 뚱뚱해 보일 위험이 있으니, 잘 맞으면서도 너무 답답해 보이지 않는 옷으로 고르자. 내 몸에 꼭 맞게끔 재단된 옷은 날렵한 이미지를 주기 때문이다.

패턴이나 무늬　옷의 일부분에 적당히 들어간 큼직큼직한 무늬야말로 상당히 매력적이라 할 수 있다. 이런 무늬는 자신이 지닌 신체적인 결점으로부터 주의를 다른 곳으로 돌리는 역할을 해준다.

가장 자신 있는 부분을 강조하자

예쁜 히프선　옆 트임이 있는 긴 셔츠를 입으면 히프선이 강조된다.

잘록한 허리　폭이 넓은 벨트를 두르면 마치 네온사인처럼 허리선을 강조해 줄 것이다. 효과를 극대화하려면 보색 등 눈에 확 들어오는 색상을 사용하면 된다.

아름답고 풍만한 가슴　낮에는 달라붙는 니트를 입어라. 밤에는 목선이 많이 파인 옷에 펜던트나 액세서리를 착용하자.

늘씬하게 쭉 뻗은 다리　어디서나 늘 짧은 스커트를 입자! 레깅스나 슬림한 스타일의 바지 또한 늘씬한 다리를 자랑하기엔 그만이다.

매력적인 히프를 만들려면

✓ 계단을 이용해 엉덩이 근육을 긴장시켜 주자. 그러면 모양이 예쁘면서
  도 단단한 히프를 가질 수 있다.

✓ 조이고, 또 조이자! 책상머리에 앉아 있을 때나, 슈퍼마켓 계산대 줄에
  서 있을 때이든 언제나 쉬지 말고 항상 히프 근육을 수축시켜라. 열까지
  세고 힘을 풀어라. 시간이 허락하는 한 되는 대르 계속해서 반복하도록
  한다.

✓ 정제된 곡류와 기름기가 없는 순살코기 등의 단백질을 많이 섭취한다.

✓ 물을 많이 마시자.

살찐 팔은 이렇게 감추자

✓ V형 네크라인의 옷은 팔에 집중될 수 있는 시선을 분산시켜 준다.

✓ 팔꿈치까지 오는 소매로 된 옷을 입자.

✓ 소매 없는 드레스에 가벼운 가디건을 살짝 걸쳐 입자.

몸집이 작은 사람은

✓ 지나치게 크거나 긴 옷은 삼가자.

✓ 짧은 재킷을 입어라.

✓ 딱 맞는 사이즈의 옷을 입자. 재킷이나 가디건 등은 특히 몸에 맞아야
  한다.

✓ 약간 붙는 듯한 느낌의 바지는 다리를 길어 보이게 한다.

✓ 불룩한 어깨 패드나 커다란 오리털 점퍼 등은 삼가자.

9. 어울릴 것 같지 않은 소재를 이용하기

오래된 낡은 진 바지와 비싼 재킷의 매칭과 마찬가지로, 여러 종류의 소재
들을 혼합해서 입는 것으로 독특한 스타일을 만들어 보자.

✓ 정장 안에 레이스가 달린 캐미솔을 받쳐 입자.
✓ 가죽과 실크를 코디해서 입어 보자.
✓ 티셔츠와 롱스커트를 매치시켜 입자.
✓ 청바지와 진주의 환상적인 만남은 또 어떤가!

10. 검소하고 계획성 있는 미인이 되자

예산이 빠듯하다고 해서 미인이 되는 길을 포기할 수는 없다. 시간이나 노력이 좀더 필요하겠지만, 그만큼의 노력으로 얼마나 많은 비용을 절약할 수 있는지를 깨닫는다면 아마도 깜짝 놀라게 될 것이다.

현명한 쇼핑을 즐기자

✓ 100% 환불을 해주지 않는 가게에서의 쇼핑을 자제하자.

✓ 기본적으로 여기저기 많은 상점들을 체크해 보자.

✓ 정말 이 옷을 입을 것인지 마음을 확실히 정하려면 2~3일 간 가격표를 떼지 않은 채 그대로 둔다.

✓ 꼭 필요한 것만 작성한 리스트를 지갑 안에 넣고 다녀, 불필요한 지출을 막는다.

재고 상품을 사자

✓ 철이 지났다고는 하나, 많은 재고품들이 대체로 훌륭한 상태로 보관되

어 있으며, 파는 가격에 비해 품질 또한 월등히 좋은 편이다. 따라서 가격에 비해 훨씬 큰 이득을 보는 셈이다. 멋진 투피스 한 벌 사는 값으로 투피스는 물론이고, 그에 필요한 온갖 액세서리와 덤으로 코트까지 한 벌 더 살 수 있다.

✔ 겨드랑이 밑이나 솔기 부분 등은 좀더 유심히 체크하도록 하자. 클리닝이나 단추 교환 등 많은 수선이 필요하다고 판단되면 그냥 포기하는 게 좋다.

✔ 유행을 타지 않는 심플한 스타일의 제품을 고르는 것이 중요하다.

제품의 수명을 늘리기

✔ 마스카라가 오래되어 건조해졌을 때에는 마스카라 통 안이나 솔 위에 물을 한 방울 떨어뜨리면 뭉치는 것을 막고 보다 오랫동안 사용할 수 있다.

✔ 오래된 매니큐어액에다 매니큐어 희석액을 첨가한다. 매니큐어액은 병의 밑바닥에 엉기는 성질이 있다.

> **잠깐만!!!**　부서진 콤팩트가 비록 조각이 났다고 하더라도 버리지 말자. 남은 덩어리들을 모아 약간의 소독용 알코올을 더해 반죽이 형성될 때까지 잘 섞는다. 이를 콤팩트 통 안에 다시 눌러 담아 주면, 몇 시간 안에 알코올이 증발되고, 전처럼 고형의 단단한 덩어리만 남게 된다.

11. 세일 기간에는

물건을 집는 순간, 반드시 생각해야 할 것들!

1. 이 물건은 진정 내게 필요한 것인가?

2. 가지고 있는 옷들 중 적어도 두 가지 이상의 것과 어울릴 만한 것인가?

3. 평소 알고 있던 신뢰할 수 있는 브랜드인가?

4. 매장 안에 오랫동안 걸려 있어 손때가 많이 타지는 않았는가?

5. 혹시 오랫동안 팔리지 않고 남아 있던 재고품은 아닌가?

12. 돈 쓸 곳과 돈 아낄 곳은?

돈을 쓸 곳이라면 제 값을 다 주고 사도 아까울 게 없다!

✓ 검은색 스커트와 바지

✓ 편안하면서도 스타일이 있는 구두

✓ 마음에 쏙 드는 멋진 재킷

✓ 흰 셔츠

이런 종류의 것이라면 세일기간까지 기다리자!

✓ 최신 유행 원피스

✓ 티셔츠

✓ 운동복

✓ 드레시한 블라우스나 상의

《옷에 대한 몇 가지 질문들》

여름철에 과연 가죽을 입어도 괜찮을까요?

당연히 여름에도 가죽을 입을 수 있을 뿐 아니라, 잘만 입으면 진짜 멋쟁이란 소리를 들을 수도 있다. 흰 가죽 스커트는 오히려 겨울철에 입으면 더 어색한 느낌을 주지만 따뜻한 철에 입으면 완벽한 스타일을 연출할 수가 있다.

이 옷이 과연 내 나이에 어울리는 것인지 어떻게 판단하나요?

옷을 살 때 나만의 개성이나 특성, 체형, 그리고 주위 사람들의 반응 등을 참고하자. 이럴 때, 실제 나이보다는 자신이 이제껏 살아온 방식과 자기 관리에 얼마나 주의를 기울여 왔는가 하는 것 등이 판단하는 데 있어 중요한 잣대가 될 수 있다. 그러니 옷을 살 때 사회적인 통념에 너무 얽매여 주체적인 판단을 잃는 것은 좋지 않다.

제 9 장

계절 미인이 되자

1. 봄 미인 만들기

겨울 동안의 춥고 혹독한 날씨에 시달린 피부가 가장 필요로 하는 것은 과감한 보수 공사다.

아침저녁으로 알파 히드록시산을 이용한 미용법으로 건조한 겨울 피부를 벗겨 내고 숨겨져 있던 새롭고 싱그러운 봄 피부를 드러내 보자. 옥수수 가루 1/4컵에 위치헤이즐을 충분히 섞어 반죽한다. 부드러운 브러시를 이용해 젖어 있는 피부 위에 이 혼합물을 마사지하듯 살살 문질러 주고, 따뜻한 물로 씻어낸 후 두들기면서 말린다.

베이킹 소다 1/2티스푼과 비타민 E 캡슐을 섞은 후, 투박한 타월을 이용하여 입술 위에 부드럽게 마사지하듯 바른다. 그런 다음 비타민 A 캡슐을 입술에 듬뿍 발라 주는 것으로 마무리하자. 이때 입술 주변 또한 살살 두드려 주는 것을 잊지 않도록 한다.

손을 부드럽게 하려면

잘 으깬 따뜻한 감자 한 컵에 약국에서 구입한 글리세린 1티스푼을 넣어 섞은 다음, 손을 이 속에 10~15분간 파묻은 채로 있는다. 손을 깨끗이 헹구어낸 다음 모이스처라이저나 바셀린을 발라 주어 마무리하자.

겨울 동안 울긋불긋해진 피부에는

겨울 동안의 찬바람이나 낮은 기온은 하부의 진피층을 자극하여 피부가 트고 울긋불긋 하게 만든다. 이런 부위에는 미백효과가 큰 히드로퀴논 연고를 발라 주는 것이 좋다. 또 붕산가루와 레몬즙으로 반죽을 만든 다음, 이를 울긋불긋해진 부위에 직접 문질러 주는 방법도 좋다. 이 반죽을 몇 분간 그대로 두었다가 깨끗이 헹궈 낸다.

심한 각질의 치료에는

겨울을 지내고 난 뒤에는 그 어느 때보다도 심하게 피부 각질이 일어나곤 한다. 다리의 경우에는 이 현상이 특히 심해 각질로 인해 스타킹의 올이 나가거나 몹시 가려움을 느끼게 되는 상황도 심심찮게 발생하게 된다. 각질의 방지나 제거에 있어 무엇보다도 중요한 것은 '수분의 충분한 공급'이라 할 수 있다. 이제껏 보아온 가운데 최고의 각질 치료제를 꼽으라면 나는 주저

없이 고형 식물성 쇼트닝을 택할 것이다. 이것의 효능만큼은 믿어 의심치 않아도 좋다. 병원에서도 마른버짐과 습진의 치료에는 이 식물성 쇼트닝을 이용하고 있다.

불필요한 각질층을 벗겨 내기 위해서는 온몸을 가제 손수건으로 문질러 주자. 겨울을 지낸 후의 피부는 매우 민감하므로 너무 세게 문지르지 않도록 주의하자.

산뜻한 봄 피부를 위해서는

코코넛 밀크 한 컵에 설탕 한 움큼과 올리브 오일 1/4컵을 넣어 섞자. 이것으로 피부에 마사지를 한 다음 샤워를 하자. 봄에 맞는 피부가 탄생할 것이다.

샌들에 어울리는 발 만들기

거친 발을 부드럽게 만들려면 발 전체에 떠 먹는 요구르트를 듬뿍 바른 후, 그 위에 랩을 감고 양말을 신는다. 적어도 한 시간 이상 그 상태로 있다가 캐모밀 티백 한두 개를 넣어 우린 따뜻한 물에 발을 씻어 내도록 하자. 또, 피부의 거친 부분을 경석으로 문지른 후, 스킨이나 로션 등 모이스처라이저를 듬뿍 발라 주는 방법도 있다.

봄 옷으로 갈아입기

새로운 계절을 맞이한다는 매우 반가운 일이긴 하지만, 계절에 맞춰 어떤 옷을 입을지를 생각해야 한다면 한편으론 무척이나 골치 아픈 일이 될 수도 있다.

- ✔ 두툼한 타이츠는 그만 벗어 버리고 얇은 스타킹으로 바꿔 신자.
- ✔ 가죽 백은 이제 천으로 된 가벼운 가방으로 바꿔 들자.
- ✔ 밝은색으로 액센트를 주는 등 봄 분위기를 한껏 내 보자.
- ✔ 옷을 좀더 짧은 것으로 입도록 하자.
- ✔ 겨울용 코트는 이제 모두 정리하고, 트렌치 코트 등 얇은 봄 외투를 꺼내 입자.

보다 화사한 메이크업을

- ✔ 매트한 느낌의 짙은 립스틱 대신 부드럽고 글로시한 립스틱을 사용하자. 입술을 보다 봄내음 가득하게 촉촉해 보이도록 하려면 립스틱 위에 바셀린을 덧발라 준다.
- ✔ 파우더형 아이섀도 대신 크림 타입 아이섀도를 사용해 보자. 날씨가 따뜻해지면 파우더형 섀도 속에 든 오일 성분이 뭉치거나 덩어리지기 쉽다.
- ✔ 무거운 파우더 대신 옥수수 녹말을 이용하자. 이는 메이크업 아티스트들이 인위적인 광택제 없이도 자연스럽게 윤기가 흐르는 듯한 촉촉한 얼굴을 연출하고 싶을 때 이용하는 중요한 비법이기도 하다.

2. 여름

✓ 입술과 귀, 코는 가장 햇볕에 타기 쉬운 부위니 만큼, 자외선 차단제를 다른 곳보다 더 많이 신경 써서 발라 주도록 하자.

✓ 손등은 특히 피부암에 걸리기 쉬운 부분이므로 자외선 차단의 기능이 있는 핸드 크림을 발라 주자.

✓ 이마와 머리카락의 경계선을 보호하자. 흐르는 땀에 자외선 차단제가 지워질 수 있으므로 이 부분에는 자외선 차단 기능이 있는 립밤을 발라 주는 것이 좋다.

대부분의 자외선 차단제는 유효기간이 약 2년 정도라는 사실을 유념하자. 내용물의 층이 분리된다거나 색 또는 냄새가 변하는 등 화학적인 변화가 있는지 주의 깊게 살핀 후 사용하도록 한다.

기분 좋은 발 만들기

따뜻한 물을 담은 대야에 스피어민트 티백을 넣어 우려낸 후, 약 15분간 발을 담가 두자. 계속새서 발을 상쾌하게 유지하기 위해서는 발가락 사이사이와 발바닥에 방취제를 뿌려 준다. 만약 발뒤꿈치가 거칠다면 천일염으로 문질러 주는 것이 좋다. 천일염으로 문지를 때에는 손을 이용해 둥글게 원을 그리는 듯한 동작으로 문지르자.

햇볕으로 인한 화상 치료에는

✓ 가제 손수건이나 타월에 우유를 듬뿍 적신 후, 화상 입은 부분에 가져다 댄다.

✓ 비타민 A와 비타민 E, 그리고 아마씨 오일을 잘 섞어 화상 부위에 가볍게 두드리듯 발라 준다.

✓ 화상 부위에 알로에 베라 젤을 바른다. 언제나 화상에 대비할 수 있도록 부엌에 아예 알로에 베라 화분을 키우는 것도 하나의 좋은 방법이 될 수 있다. 잎 하나를 잘라낸 후, 흘러나오는 액을 화상 입은 피부 위에 부드럽게 발라주도록 한다.

✓ 오트밀 한 컵 분량을 무명천이나 스타킹 속에 넣은 후, 욕조의 수도꼭지에 매달아 수도꼭지에서 나오는 물이 이를 따라 흐르도록 한다. 그리고 이 욕조 안에 오랫동안 편안하게 몸을 담근 채로 휴식을 취하자.

땀에도 지워지지 않는 메이크업

여름은 일 년 중 메이크업을 유지하기에 가장 어려운 시기이다. 따라서 이 기간 동안에는 펜슬에 의지해 보도록 하자. 펜슬을 이용한 메이크업은 장시간 지속되며 쉽게 지워지지 않는다는 장점이 있다. 게다가 핸드백이나 비치 백 속에 넣고 다니기에도 더없이 간편하다. 펜슬을 이용해 아이 라인을 그려 주고, 또 롱 래스팅 립스틱이나 볼터치 대용으로도 사용해 보자. 시중에 나가 보면 이 세 가지 역할을 동시에 훌륭히 수행해 줄 펜슬들이 가격대별로 다양하게 구비되어 있다.

여름 메이크업은 깨끗하고 심플하게

1. 파운데이션은 T존이나 눈 밑에만 바르는 등 되도록 적은 양으로 꼭 필요한 부분에 사용하도록 하자.
2. 자외선 차단 기능이 있는 모이스처라이저를 이용하자.
3. 브론징 파우더를 이용하면 눈가나 볼, 입술 선을 살리는 데 있어 보다 자연스러운 느낌을 줄 수 있다.

여름 옷은 이렇게 입자

기본형에서 출발하자 더운 날씨에는 전형적인 기본형의 옷들이 가장 무난하다.

블랙 & 화이트를 이용하자 검은색은 때를 막론하고 언제나 몸이 날씬해 보이도록 만들어 준다. 흰색은 빛과 열을 반사하고, 또한 어떤 의상과도 잘 어울린다.

옷차림은 단순하고 간편하게 너무 많은 장신구나 무거워 보이는 스카프 등은 되도록이면 피하고, 꼭 필요한 액세서리가 있다면 가벼운 모자 정도로 끝내자.

체형에 맞는 수영복을 고르는 일이란 그리 신나는 일만은 아니다. 사정이야 어찌되었건 신체의 결점을 커버할 수 있는 수영복을 고르도록 신중을 기하자.

허벅지가 두꺼운 사람   상체 부분엔 밝은 색깔을, 엉덩이 부분엔 어두운 색이 들어간 수영복을 고른다.

가슴이 빈약한 사람은   패드의 품질이 우수한 수영복을 고른다. 패드가 너무 큰 사이즈를 입으면 가짜라는 티가 나므로, 원래 사이즈보다 한 컵 이상 큰 것은 피한다.

가슴이 큰 사람은   아래쪽에 화려한 색으로 강조된 수영복을 고른다. 가슴 쪽에는 언더와이어가 반드시 있어야 한다.

엉덩이가 처진 사람은   스판덱스나 라이크라 혼방이면서 엉덩이를 완전히 가리는 수영복을 고른다. 이런 재질의 천은 몸을 어느 정도 조이면서 위쪽으로 올려 주는 역할을 한다.

허리가 굵은 사람은   허리 양옆에는 어두운 색이, 중앙 부분에는 밝은색이 들어간 수영복을 고르자. 허리선을 살리기 위해서는 하이-웨이스트형의 투피스 수영복을 선택하는 것이 좋다.

다리가 짧은 사람은 허벅지를 많이 드러내는 하이레그 스타일의 수영복을 선택해 다리를 길고 날씬하게 보이도록 하자. 또 엉덩이 부분에 어두운 색이 들어가거나 짧은 천이 덧달린 수영복 또한 다리를 보다 길어 보이게 만든다.

배가 나온 사람은 요즘 나오는 수영복에는 배 안쪽에 천을 한번 더 덧댄 제품이 있어, 심하게 죄는 듯한 느낌을 주지 않으면서도 거들과 같은 역할을 한다. 하이-웨이스트 형태의 투피스 수영복에도 위와 같은 안감이 있는 경우가 많다.

내게 꼭 맞는 수영복이란

편하게 움직일 수 있도록 한 치수 정도 큰 사이즈의 수영복을 마련하도록 하자. 너무 꽉 죄는 수영복은 몸매를 적나라하게 드러내 자칫하면 살이 울퉁불퉁하게 튀어나와 보이도록 만들 수도 있다. 아주 작고 마른 체형을 위한 수영복도 있으니, 라벨에 적힌 체형 정보를 주의 깊게 읽도록 하자. 또한, 피부에 선명한 끈 자국을 남기고 싶지 않다면 어깨끈 길이의 조절이 가능하거나 탈착이 가능한 것으로 고르자.

3. 가을 미인 만들기

햇볕에 상한 머릿결에는   태양은 머릿결, 특히 머리끝을 상하게 만드는 주범이다. 우리가 할 수 있는 일이란 미용실을 찾아가 상한 머릿결을 다듬고 손질하는 정도일 것이다. 너무 늦기 전에 빨리 손질을 하러 가자.

그을리거나 탄 피부에는   이는 정성스러운 관리가 가장 필요한 부분이다. 자신이 얼마나 부지런히 대비했든지 간에 햇볕에 의한 손상은 피할 수가 없는 일이다. 우선 비타민 A 캡슐을 이용해 충분한 보습 효과를 주는 것으로 피부 관리를 시작해 보자.

✓ 여름에 쓰던 립스틱 위에 그보다 한 단계 더 진한 색깔의 펜슬로 입술을 전체적으로 칠해 약간 더 어두워진 느낌을 주자.

✓ 좀더 커버력이 있는 파운데이션을 사용하기 시작하자.

✓ 가벼운 파우더로 마무리하자. 번들거리는 얼굴은 여름 한철만으로도 충분하다.

의복에 변화를

✓ 한 단계 더 어두운 톤의 스타킹으로 바꿔 신어 가을 구두와 매치시키자.

✓ 쌀쌀한 가을 날씨에는 티셔츠 하나로 지내기가 어렵다. 이를 대비해 멋진 재킷을 구입하자.

✓ 천으로 된 여름용 가방이나 밀짚 가방을 정리하고 멋진 가죽 가방을 꺼내자.

4. 겨울 미인 만들기

낮은 기온과 매서운 바람, 건조한 공기로부터 앞으로 몇 달간 우리의 몸을 더욱 더 철저히 보호·관리해야 할 시기다.

물과 비누는 조금만!

날씨가 추워지기 시작하면 뜨거운 목욕으로 몸을 따뜻하게 해주고 싶겠지만, 이는 피부를 더욱 건조하게 만들므로 되도록이면 미지근한 물에서 짧은 시간 동안 목욕을 하되 강한 성분의 비누는 사용하지 않는 게 좋다. 거품 목욕 또한 피부를 건조시키는 효과가 있으므로 되도록 삼가자. 일단 날씨가 추워지기 시작하면 배스 오일을 사용하자.

수분은 많이

욕조 안에 들어가기 전에 모이스처라이저를 사용, 증기를 통한 피부 침투 효과를 극대화시키자. 일주일에 한 번 정도 얼굴에 꿀 팩을 해주면 수분 공급 효과가 더욱 크다.

겨울 피부를 보호하자

  하루 종일 실내에서 생활하는 사람이라 할지라도, 겨울철의 건조한 공기를 이겨 내기 위해서는 많은 준비가 필요하다.

- ✓ 트거나 갈라진 부위에 부드러운 각질 제거제를 사용한다.
- ✓ 만일 여드름을 치료중이라면 외출시 모이스처라이저와 파운데이션을 평소보다 많이 그리고 두껍게 사용하여 피부를 보호하자. 모이스처라이저 위에 바셀린을 얇게 입혀 주면 피부 보호에 큰 도움이 된다.
- ✓ 향이 많이 나는 비누는 필요한 유분까지도 없앨 가능성이 크므로 멀리하는 것이 좋다.
- ✓ 가습기로 건조한 실내 공기에 지속적으로 습기를 제공해 주자.

겨울철 정전기는 이제 그만!

- ✓ 컨디셔너로 머리카락에 수분을 더하고 두피의 큐티클을 진정시켜 준다. 이렇게 하면 머릿결이 한결 부드러워지고 정전기도 덜 일어난다.
- ✓ 평소 사용하는 브러시에 스프레이 타입 정전기 방지제를 뿌려 두거나 펄프로 된 섬유 유연제로 브러시를 감싸듯이 문질러 준다.

손을 보호하려면

얼굴 다음으로 외부에 심하게 노출되는 부분이 바로 손이다. 따라서 얼굴에 수분을 공급할 때마다 손의 보습에도 주의를 기울이도록 하자. 일주일에 한 번 정도는 손 전체에 바셀린이나 핸드 크림을 듬뿍 바른 후 그 위에 면장갑을 끼고 잠자리에 들자.

발을 보호하려면

겨울철에 신는 신발은 두꺼운 가죽과의 마찰로 피부를 거칠게 하고 심한 굳은살을 만든다. 이런 경우, 양말이나 스타킹을 신기 전에 언제나 모이스처라이저를 충분히 공급해 주도록 한다. 이는 거친 피부로 인해 스타킹 등의 올이 일어나거나 줄이 나가는 것을 막아 준다. 또 겨울철 신발에서 자연 발생된 열이 모이스처라이저의 보습 효과를 더욱 증대시킨다. 적어도 일주일에 한번씩은 스킨이나 로션 등 모이스처라이저를 듬뿍 바른 후 그 위에 양말을 신은 채 잠자리에 들도록 하자.

머리카락을 보호하려면

두꺼운 타월로 꾹꾹 눌러 주면서 물기를 제거하여 머리카락이 드라이어에 노출되는 시간을 되도록이면 줄이고, 일주일에 한 번씩은 오일과 단백질 성분이 풍부하게 들어 있는 트리트먼트를 해주도록 한다. 겨울철 일사량의 부족은 머리카락의 탄력과 생기를 떨어뜨리므로 머리카락에 윤기를 더해 주는 제품을 이용하자.

다리를 보호하려면

다리에는 피지 분비선이 거의 없으므로 다른 부위들보다 피부가 훨씬 잘

트거나 건조해지기 쉽다. 심지어는 '팬티스타킹 비듬'이라고 해서 허옇게
각질이 일어나는 상태가 되기도 한다. 그러므로 스타킹이나 양말류를 신기
전에는 무엇보다도 충분한 수분의 공급이 우선되어야 한다.

몸을 따뜻하게

두꺼운 옷 한두 벌보다는 얇은 옷들을 겹겹이 껴 입는 습관을 들이자. 이
러한 옷 입기는 보온 효과를 더욱 크게 할 뿐 아니라, 건조한 공기로부터 피
부를 보호해 준다. 보온이 필요한 곳을 한군데 더 말한다면 머리다. 대부분
의 열은 정수리 부분을 통해 방출되기 때문어 보온의 중요성이 강조되는 곳
이기도 하다.

부츠의 선택은

제대로 고른 부츠는 다리를 날씬하게 키는 커 보이게 만들 뿐 아니라, 전
체적으로 생기 있는 모습을 연출해 준다.

앵클 부츠   발목이 두꺼운 사람에게 좋으며, 바지 또는 롱스커트에 코디
해서 신으면 한결 멋스럽다.

무릎 길이의 부츠   가늘고 날씬한 다리에 잘 어울린다. 짧은 스커트나 무
릎을 살짝 덮는 길이의 스커트에 신는다.

종아리 길이의 부츠   다리가 짧은 사람에게 좋다. 레깅스나 타이트한 바
지에 매치시켜 신는다.

제 10 장

소품 미인, 관리의 여왕

1. 소품으로 깔끔한 끝마무리를

갖가지 액세서리로 치렁치렁하게 몸치장을 한 여성을 내게 데려온다면, 소품들을 놓고 어떻게 이용하는 것이 자신을 돋보이게 하는지를 직접 보여 주고 싶다. 소품이란 외모를 돋보이게 만들 뿐 아니라 차림새를 보다 돋보이게 하며, 각자가 지닌 개성을 표현해 주는 역할을 하기도 한다.

완벽한 핸드백이란

핸드백은 가장 중요한 소품 중의 하나다. 새로운 옷을 입을 때마다 이에 어울리는 핸드백이 있어야 한다고 고집할 필요는 없다. 단, 어느 정도의 조화는 기본적으로 고려하면 된다. 어떤 의상에나 무난하게 어울리는 중간 톤의 색을 띤 것이나, 아예 여러 가지 색깔이 들어간 핸드백을 장만해 두는 것이 좋다. 만약 그런 핸드백을 찾았다면, 이왕이면 품질이 좋은 실용적인 것으로 구입하자. 핸드백 자체가 무겁지는 않은지 빈 가방을 메거나 들어서 확인해 보자. 안에 든 물건들을 쉽고 빨리 찾을 수 있도록 가방 내부가 적어도 두 개 이상의 칸으로 나뉜 것을 선택한다. 마지막으로 자신의 신장과 체중을 고려 대상에 넣자. 상반신이 비교적 큰 사람은 끈이 긴 것을 선택해 핸드백이 자기 가슴 바로 옆에 붙어 있는 것처럼 보이지 않도록 한다.

구두

구두란 아무리 후줄근한 차림새에도 뭔가 있어 보이게 만들어 주는 소품이라 할 수 있다.

· **굽이 낮은 구두에 어울리는 옷들** 긴 플레어 스커트, 통이 좁은 롱과 쇼트 스커트, 캐주얼한 롱 드레스, 슬림한 느낌의 바지

하이힐에 어울리는 옷들 무릎까지 오는 정장 스커트, 무릎을 살짝 덮는 스트레이트 또는 A라인 스커트, 드레시한 정장 바지

샌들에 어울리는 옷들 굽이 낮은 샌들은 캐주얼 바지나 캐주얼 롱스커트에, 끈 달린 중간굽이나 하이힐 샌들은 이브닝 드레스에 최고 파트너.

잠깐만!!! 이런 코디는 절대 금물!
· 작달막해 보이는 뒤축 없는 슬리퍼
· 스커트에 카우보이 부츠
· 흰색 구두
· 짧은 스커트에 거추장스럽고 투박한 구두
· 짧은 스커트에 앵클 부츠

내 발에 꼭 맞는 구두 고르기

✔ 구두를 살 때에는 발이 많이 부어 있는 저녁 때가 좋다.

✔ 발을 구부렸을 때 발등 부분에 주름이 생기는 구두는 피한다.

✔ 제일 긴 발가락을 기준으로 발가락 앞에 1cm 정도의 여유가 남는 것을 고른다.

✔ 발을 억지로 끼워 넣을 정도의 구두라면 구입을 삼가자.

✔ 뒤축을 가지런히 모아 같은 높이인지를 살펴본다.

✔ 구두 안창 밑쪽으로 발을 보다 편안하게 해줄 작은 쿠션이 들어 있는 것을 고르자.

샌들을 구입할 때에는

✔ 간편한 샌들일수록 더 자주 신게 된다는 사실을 명심하라.

✔ 보통 때 무늬가 들어간 옷을 즐겨 입는 편이라면 검은색이나 베이지색 샌들을 구입하자.

스타킹

스타킹만 놓고도 할 말이 많지만, 우선은 이것 하나만 기억해 두자. 팬티 스타킹은 역시 '스판덱스'가 몸에 잘 맞고 수명도 길다는 사실!

스타킹 제대로 고르기

✔ 판타롱 스타킹은 바지와 롱스커트에만 신는다. 짧은 스커트에는 제발 삼가자. 완벽한 외모에 결정적인 흠을 안겨 줄 수가 있다.

✔ 팬티 스타킹은 팬티 부분에 스판덱스가 있어 부드러운 거들 역할을 해준다.

✓ 타이츠는 일반 스타킹보다 투텁고 내구력이 강해 겨울에 보온용으로 많이
신는다.

스타킹, 이렇게 신자

✓ 다리가 날씬하게 보이길 원한다면 검은색 무광 스타킹을 신자.

✓ 보다 세련된 모습을 위해 가능하다면 구두와 스타킹의 색을 매치시켜 신
도록 한다.

✓ 앞이 막힌 구두를 신을 때에는 발끝 부분이 튼튼한 스타킹을 신는다.

스타킹을 오래 신으려면

✓ 다음날 신을 스타킹을 전날 밤에 냉동실에 넣어 두면 쉽게 올이 나가지 않
는다.

✓ 새 스타킹을 신기 전, 먼저 소금 1/2컵을 넣은 두 컵 분량의 물에 담가 두
자. 그 상태로 약 2시간 가량 놓아 두었다가 헹군 다음, 짜지 말고 그대로
널어 말린다. 이렇게 하면 소금기가 섬유 조직을 더욱 튼튼하게 만들어 쉽
게 올이 나가거나 찢어지지 않도록 해준다.

선글라스

선글라스야말로 우아한 겉모습을 마무리하는 데 있어 없어서는 안 될 필
수품! 각자가 지닌 얼굴형을 보완해 줄 수 있는 안경테를 선택하도록 주의
를 기울여야 한다.

길고 좁은 얼굴형   얼굴 위를 두르는 듯한 타원형의 테가 잘 어울린다.

둥근 얼굴형　각진 네모형의 선글라스가 제일 좋다.

네모난 얼굴형　둥근 테를 선택한다.

운전용 렌즈는　회색 또는 녹색 빛이 감도는 렌즈를 선택하자. 이는 빛을 고루 차단하고 색을 제대로 구분하도록 해준다.

잠깐만!!!　선글라스 상식
· UV 차단 명암이 들어간 제품을 선택하자. 95% 차단용이 가장 무난하다.
· 편광 렌즈는 강렬한 광선을 차단, 눈부심을 방지 하는 효과가 있다.

향수

향(香)은 전체적인 모습을 마무리하고 분위기를 내는 하나의 완벽한 소품 역할을 한다. 향수를 살 때에는 꼭 냄새를 확인하자. 만약 향수를 여러 개 구입할 계획이라면 집에 있는 원두 커피가 든 봉지를 갖고 가자. 각각의 향들을 맡아 보는 중간중간 준비해 온 원두 커피 향을 맡으면 후각의 감각이 중화되어 구입하려는 각각의 향들을 식별하기 쉽다.

보석

스킨 주얼리　피부에 직접 닿거나 달라붙어 보이는 보석들은 감각적이고 여성스러운 느낌을 준다. 짧은 목걸이와 귀걸이, 반지, 팔찌 등이 이에 속한다.

클로싱 주얼리 장식 핀이나 긴 펜던트 목걸이, 체인 벨트 등이 그것이다.

이 보석이 과연 진품일까?

다이아몬드 감별법 신문이나 글씨가 씌어진 종이 위에 다이아몬드를 대고 그것을 통과해 뒤에 있는 글씨들을 볼 수 있는가를 체크해 보자. 아주 조금이라도 그 글자들을 읽을 수 있다면 미안한 일이지만 그 다이아몬드는 100% 모조품이다. 진짜 다이아몬드라면 그 활자들을 완전히 일그러뜨리기 때문에 결국 종이밖에는 아무 것도 볼 수 없다.

진주 감별법 여기에서는 예로부터 전해 오는 '깨물어 보기' 방법이 있다. 진주를 아랫니에 부드럽게 스치듯 문질러 준다. 이것이 미미하게 마찰을 일으키며 마치 바닷속 모래알처럼 약간 까끌까끌한 느낌을 준다면, '진짜' 진주다. 모조품은 상당히 부드럽고 미끈거리는 느낌을 준다.

보석으로 멋을 낼 때에는 이렇게!

✓ 금속류를 이용해 보자. 금이나 은 종류는 현대적인 느낌을 준다.

✓ 금속류와 진주를 함께 사용해 보자. 이는 지나치게 여성적인 분위기가 나는 것을 막아 준다.

✓ 목에 착 달라붙는 초커와 길이가 긴 목걸이를 함께 착용하는 것도 새로운 분위기의 연출에 한몫을 한다.

✓ 핸드백이나 옷깃, 주머니 등에 보석을 달아보자. 장식 핀을 달아 낮에 매

던 평범한 가방을 깜짝 놀랄 만큼 화려한 밖으로 바꿀 수 있다.

✓ 어울리는 핀으로 스카프를 고정시켜 본다.

✓ 가죽옷을 입었을 때에는 진주를 착용함으로써 분위기를 보다 부드럽게 만
들어 준다.

✓ 어깨 부근에 핀을 달아 주자. 이는 자세의 결함을 보완해 주는 역할을 할
것이다.

✓ 목이 많이 올라오는 터틀넥에는 약간 큼지막하고 달랑거리는 귀걸이가 어
울린다.

단, 이것만은 금물!

✓ 직장 내에서 치렁치렁한 보석류는 금물.

✓ 커다란 목걸이와 커다란 귀걸이를 동시에 착용하는 것도 금물!

✓ 커다란 손에 앙증맞은 반지를 끼는 일은 부디 삼가자.

벨트

체인 벨트　체인 벨트는 마치 장식품처럼 이용할 수가 있다. 히프 주위에 느슨하게 드리운 벨트는 굵은 허리 부분으로부터 시선을 분산시키는 역할을 해준다.

가는 벨트　허리에 시선을 집중시키지 않으면서도 전체적인 라인을 명확히 하거나 포인트를 주고 싶다면 작고 가느다란 벨트를 착용하자.

2. 효율적인 물건 관리와 유지는 이렇게

옷을 살 때에는 돈으로 그 대가를 지불한다. 이렇게 구입한 옷을 보다 좋은 상태로 보관하고 유지하는 일은 너무도 당연하다. 현재 가지고 있는 옷이나 기타 제품들의 수명을 늘리는 방법을 살펴보자.

가방 속에는 항상 물 티슈를

언제나 물 티슈를 휴대하는 것을 잊지 말자. 뭔가를 쏟거나 흘렸을 때 아주 유용할 뿐 아니라 얼룩을 제거하는 데도 그만이다.

구두에 묻은 얼룩은

✓ 구두에 난 흠을 감추기 위해서는 아이라이너 펜슬을 이용해 보자.

✓ 스웨이드 가죽이나 그 비슷한 소재로 만들어진 구두에 묻은 때나 먼지를 제거하기 위해서는 집에 있는 고무 지우개로 살살 문질러 주기만 하면 된다.

✔ 구두에 묻은 소금기는 식초에 적신 스펀지로 문질러 닦는다.

✔ 가죽의 거무스레한 얼룩은 매니큐어 리무버 액으로 살짝 문질러 닦자.

✔ 기름 얼룩은 우선 종이 타월로 한번 꾹 눌러 흡수시킨 후 그 위에 베이비 파우더를 뿌려 준다. 그런 다음 부드러운 솔로 깨끗이 털어 낸다.

✔ 흰색이나 밝은색 계통의 구두에 묻은 얼룩은 치약을 이용해 닦자.

구두에 광을 내려면

바나나 껍질로 구두 전체를 구석구석 문지른 후 브드러운 천으로 닦아내고는 그대로 말려 주자. 오일 성분이 구두를 새것처럼 반짝거리게 만들어 줄 것이다.

구두의 유지 및 보수는

✔ 구두도 회복을 위한 휴식기간이 필요하다. 구두 하나만 고집해 날마다 계속해서 신는 것보다는 2~3일마다 바꿔 주는 것이 좋다. 이렇게 하면 발의 특정 부분에 티눈이나 굳은살이 박히는 것을 어느 정도 예방할 수 있다.

✔ 즐겨 신는 구두의 힐과 밑창은 제때 갈아두도록 하자.

✔ 오래되거나 낡은 구두는 빨리 처분하는 것이 좋다. 전체적인 코디를 망치거나 유행에 뒤떨어져 보이게 하는 주범이 될 수 있기 때문이다.

✔ 사이즈가 작거나 신어서 불편한 구두는 일찌감치 포기하자.

✔ 구두 속에 구두 골을 넣거나 구두 상자에 담아서 보관하는 습관을 들이자. 구두를 처음 형태 그대로 유지하기 위해서는 그 안쪽에 휴지나 구긴 신문을 가득 채워두도록 한다. 또 구두의 모양이나 색깔 등을 적은 메모

를 각 상자마다 붙여 구두 한 켤레를 찾기 위해 온 상자를 다 열어 볼 필요가 없도록 정리해 두자.

얼룩이나 때의 제거에는

치약 치약은 치아를 깨끗이 하는 것과 마찬가지로 얼룩을 제거하는 데에도 탁월한 효과를 보인다. 얼룩진 부분에 치약으로 문지른 후 그 상태로 말린 다음 평소처럼 빤다.

흰 셔츠에 묻은 때 빈 컵 위에 셔츠의 때가 낀 부분을 펼쳐 올려둔다. 그 위로 식초를 부어 셔츠를 통과한 식초가 컵 안으로 떨어지도록 한다. 이를 세 번 반복한 다음 평소와 똑같이 빨아 준다.

그을리거나 누르스름하게 태운 자국 다리미질을 하는 동안 실수로 약간 누르스름한 자국을 남겼다면, 재빨리 그 위에다 젖은 천을 덮고 다리미질을 몇 번 해주자. 아주 심하게 눌은 것만 아니라면 자국은 이내 사라질 것이다.

풀물이 들었을 때 소독용 알코올로 문지른 다음 깨끗이 빤다.

타액 속에 들어 있는 효소는 단백질이 함유된 음식물의 얼룩을 지우는 데 효과가 있다. 급하다면 천조각에 침을 묻혀 얼룩 위를 문질러 보자. 단, 이럴 경우 제발 아무도 없는 장소나 화장실 등을 이용해 줄 것을 당부하고 싶다.

1. 옷장 문은 항상 닫아 두는 습관을 들이자. 어떤 천은 빛에 노출되면 색이 바래거나 희미한 선 또는 줄이 생기는 수가 있기 때문이다.

2. 옷을 비닐 안에 보관하지 말자. 옷들도 '호흡'이 필요하다.

3. 세제 속에 베이킹 소다 1/2컵을 첨가하면 흰 옷들을 더욱 희게 만들 수 있다.

4. 지퍼는 끝까지 올려두고 단추는 모두 채워 두는 등, 옷을 '제대로' 걸어 두도록 하자.

5. 철 지난 옷들은 옷장 안 깊숙이 넣어 두자. 이때 여행용 양복 커버를 이용하면 효과적이다.

6. 5번의 옷들 옆에는 특별한 행사 때에만 입는 옷들을 챙겨 두자. 여기에 해당되는 옷이 여러 벌 된다면 다른 양복 커버를 하나 마련해서 정리하도록 한다. 맨 밑바닥에는 그 의상을 입을 때만 이용하는 액세서리나 구두, 스타킹 또는 그 밖의 소품들을 함께 넣어두면 편리하다.

7. 옷장 문이나 서랍을 열었을 때 항상 즐겨입는 옷들이 앞부분에 있게끔 정리해 둔다.

8. 셔츠는 셔츠끼리, 바지나 정장은 같은 종류끼리 나누어 정리해 두어 바쁜 아침이나 급히 외출할 때 쉽게 찾아 입을 수 있게 한다.

가죽이나 스웨이드의 보관은

새로 산 가죽을 부드럽게 하려면

가죽 제품을 장만했을 때, 특히 고가가 아닌 제품을 구입했을 때에는 가죽을 유연하고 부드럽게 만들어 주는 일이 더욱 필요하다. 집에 있는 가구용

광택제를 이용해 새로 구입한 가죽옷을 문질러 주자. 가죽 바지의 경우라면 꼭 이 단계를 거치도록 하자.

스웨이드 가죽을 오래가게 하려면

1. 식초로 소금기를 닦아낸다.
2. 젖은 스웨이드 가죽을 말린 후, 촘촘하그 부드러운 솔로 보풀을 살살 일으켜 준다.

니트

✓ 니트는 쉽게 보풀이 일어나므로 세탁하기 전에 옷을 뒤집어 주도록 한다.

✓ 경석(輕石)이나 스카치 테이프로 흉하게 튀어나온 보풀을 제거한다.

수영복 관리는

✓ 수영 후에는 입었던 수영복을 찬물에서 깨끗이 헹구어 낸다.

✓ 강도가 약한 세제를 이용하여 세탁한다. 보통 가정용 세제는 수영복 천을 손상시킬 위험이 있다.

✓ 절대 세탁기로 빨지 말자. 모양이 뒤틀리거나 변할 수가 있다.

✓ 수영복에 크림이나 오일이 묻었을 때에는 샴푸를 기용해 닦아낸다.

✓ 로션이나 자외선 차단제가 수영복에 묻지 않도록 최대한 주의하자.

✓ 반드시 완전히 건조시킨 후에 보관하도록 하지.

모자 보관은

오래된 모자에 생긴 불필요한 주름을 없에고 싶다면, 주전자에 물을 끓여 거기에서 나오는 증기를 모자로 덮듯이 잠시 들고 있으면 된다. 그 다음엔

모자 안쪽에 신문지를 채워 보관하도록 하자. 모자를 좀더 부풀리고 싶다면
신문지를 더 많이 넣어 주면 된다.

✓ 화장용 브러시들은 소독용 알코올에 담가 세척한다.

✓ 립 펜슬과 아이 펜슬은 정기적으로 다듬거나 깎아 준다.

✓ 화장품은 햇빛과 차단된 장소에 보관하자. 햇빛은 화장품에 함유된 방
부제를 변질시킬 위험이 있다.

제11장

아름다운 몸을 위한 119 다이어트

1. 다이어트로 최고의 몸매 만들기

우리의 몸매를 갑자기 완벽하게 만들어 줄 마법의 약 따위는 결코 이 세상에 존재하지 않는다. 하지만, 유명 연예인이나 모델들이 수년 간 사용해 온 비법들은 분명 존재한다.

매운 음식을 이용하자

과학자들은 칠리나 고추, 겨자, 생강 등이 지방의 연소 비율을 높여 준다는 사실을 밝혀 냈다. 그 원리는 바로 열산산 효과에 의한 것으로, 이러한 음식들은 신체가 '열' 을 방출하도록 만들어 주어 칼로리를 연소시킨다.

체중 감량을 돕는 허브

다이어트에 도움을 줄 만한 여러 가지 허브(약초)들을 소개한다. 이 중 어떤 것들은 목욕물에 넣어 사용하면 좋다.

알팔파(Alfalfa)　소화를 돕고 이뇨제 작용을 한다.

알로에 분말　심한 설사를 일으켜 체내 수분량을 감소시킴으로써 일시적인 체중 감량 효과를 가져온다.

알로에 베라　많은 효과들이 있지만 특히 항상성을 유지할 수 있도록 도와 준다.

우엉　지방의 신진대사를 돕고 이뇨제의 역할을 한다.

고추　열을 발생시켜 신진대사를 촉진시키고 지방을 태운다.

계피　열대사 촉진 효과를 통해 지방을 연소시킨다.

녹차　지방의 신진대사를 돕고 에너지를 증진시킨다.

산사나무　혈액 속의 지방을 줄여 주고 혈액순환을 돕는다.

파파야　소화를 촉진시킨다.

파슬리　이뇨를 돕는 영양 보조식품이다.

식초　고대로부터 수천 년 동안이나 많은 사람들이 식초를 약으로 이용해 왔다. 매 식사 때마다 물 한 컵에 식초 2스푼을 섞어 마시면 혈액 정화제가 되기도 하고, 독소를 분해하면서 지방을 체내에 축적하지 않고 연소시키는 역할을 하기도 한다. 어떤 종류의 식초를 이용해도 좋으나, 처음 시도하기에는 향이 좋은 사과 식초가 알맞을 것이다. 또한 식초는 비타민과 미네랄의 보고로 이전에 경험해 보지 못한 신선한 맛을 느낄 수 있을 것이다.

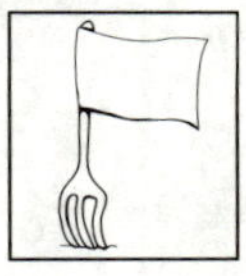

다이어트 음식 Top 10

1. **계란 흰자**   순수한 단백질 덩어리로 중요 아미노산의 결합체이다.
2. **고구마**   비타민 A, C, B6를 다량 함유하고 있다.
3. **브로콜리**   100g에 겨우 30cal를 내며, 비타민 C의 일일 권장량의 155%를 섭취할 수가 있다.
4. **콩**   식물성 단백질을 비롯해 다른 여러 가지 영양소를 함유하고 있다.
5. **호밀 파스타**   섬유질 성분과 여러 영양분이 일반 파스타보다 풍부하다.
6. **당근**   베타 카로틴과 비타민 A가 매우 많다.
7. **참치**   콜레스테롤을 낮춰 주는 오메가3 지방산이 함유되어 있다.
8. **오트밀**   필수 영양소인 리놀레산을 함유하고 있다.
9. **바나나**   칼륨과 다른 많은 영양소들이 함유되어 있다.
10. **칠면조**   다른 육류보다 기름기가 월등히 적다.

커피를 마시며 지방을 줄이자

최근의 새로운 연구에 의하면 커피 한 잔에 들어 있는 양의 카페인이 인체의 신진대사 속도를 4% 가량 상승시킨다고 한다. 만일 운동을 하기 전에 마신다면 효과는 배가될 것이다. 카페인은 체지방의 이동을 도와 근육을 움직이는 연료로 사용할 수 있게 만들어 주면서, 지방을 연소시키는 효과뿐 아니라 운동을 하고도 피로감을 덜 느끼도록 만들어 준다.

벼락치기 다이어트 가지 비법

다음에 소개되는 다이어트 법 중 자신에게 맞는 것을 골라 시도해 보자. 오늘과 내일이 다를 것이다.

1. 모든 정제 설탕을 끊고, 스낵류를 멀리한다.
2. 고형식 대신에 탄산수에 수박과 크랜베리를 섞은 주스를 마신다.
3. 긴급한 다이어트를 요할 때 수박으로 아침과 점심을 대신한다. 단, 저녁 식사는 평소대로 먹는다.
4. 아침에는 요구르트, 점심에는 사과 한 쪽, 그리고 저녁에는 각종 신선한 야채와 달걀, 치즈 등이 들어간 샐러드를 먹자.
5. 아침에는 주스·계란·광천수를, 점심에는 닭고기와 야채, 저녁에는 오믈릿과 과일로 한다.
6. 단시일 내에 살을 빼야 할 때면 저녁 식사를 시리얼로 대신하자.
7. 보다 빠른 시간 안에 체중을 줄이고 싶다면 계란 흰자를 먹자.

2. 119 긴급 다이어트

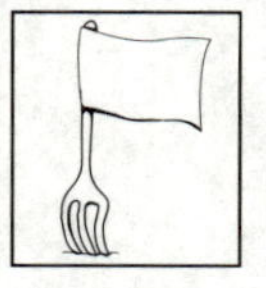긴급 다이어트라고 해서 언제나 나쁜 면에만 주목할 필요는 없다. 큰 맘 먹고 며칠만 고생하면 예상치 못했던 커다란 효과를 기대할 수도 있으니 말이다. 체중을 감소시키는 요인은 대부분 물 즉 수분이지만, 이와 더불어 어느 정도의 지방 감소 효과 또한 기대할 수 있다. 그뿐 아니라 위장의 축소, 히프와 허벅지 주위에 붙은 군살 제거 효과, 게다가 '나도 할 수 있다'는 자신감에 이르기까지 긴급 다이어트를 통해 얻을 수 있는 효과란 생각보다 많다.

단 하루만에 끝내는 과일 주스 다이어트

이 방법이야말로 단 하루 동안에 1~1.5Kg의 감량 효과를 내는 다이어트 프로그램들 중 간단할 뿐만 아니라 가장 널리 알려진 것이 아닐까 한다. 신선한 주스는 높은 영양가 및 중요한 효소와 미네랄, 비타민을 듬뿍 담고 있다. 자, 지금부터 오전부터 오후까지의 식단을 살펴보자.

am 7   레몬 한 개 또는 레몬 주스 분말 1티스푼을 넣은 뜨거운 물 한 컵을
       마신다.

am 8   껍질을 벗기지 않은 네 개의 당근과 역시 껍질을 벗기지 않은 단단한
       사과 두 개를 함께 넣어 갈아 만든 당근 사과 주스 한 컵을 마신다.

am 10 물 한 컵 또는 허브 티 한 잔

pm 12 포도 주스나 시원한 얼음물을 큰 컵으로 하나 가득 들이킨다.

pm 2   물과 허브 티를 각각 한 잔씩

pm 4   파인애플 주스와 얼음물 각각 한 잔

pm 6   허브 티 한 잔과 물 한 컵

pm 8   파인애플 또는 포도 주스와 얼음물을 각각 한 잔씩 연달아 들이킨다.

pm 10 시작과 똑같이 레몬 한 개 또는 레몬 주스 분말 1티스푼을 넣은 뜨
       거운 물 한 컵을 마시는 것으로 하루를 정리한다.

이 과일 주스 다이어트를 행한 날 저녁, 어쩐지 쉽게 잠자리에 들기가 어렵다면 자기 전 목욕을 하면서 특별한 향(허브) 몇 가지를 사용해 볼 것을 권하고 싶다. 집 근처에 있는 목욕 용품점을 찾아 자신을 보다 편안한 상태로 만들어 줄 에센스 오일 구입해 보자. 장미나 샌달우드(백단), 혹은 라벤더는 어떨까. 보다 더 자연스러운 향기요법(아로마테라피)을 원한다면 레몬이나 오렌지 한 개를 잘라 욕탕 안에 던져 넣기만 하면 된다. 목욕 시간을 보다 쾌적하게 만들어 줄 것이다. 허브 티백을 담가 두는 것도 편안한 목욕 환경을 제공하는 데 큰 몫을 한다. 이때에는 정향(clove, 꽃봉오리를 말린 향료) 또는 페퍼민트, 캐모밀 류가 특히 좋겠다.

그레이프프루트 다이어트

꼼꼼한 계획이나 많은 생각을 필요로 하지 않는 비교적 손쉬운 방법 중의 하나이다. 칼로리를 계산하거나 어떤 음식을 두고 이를 먹어도 될지 아닌지 깊이 고민할 필요도 없다. 이 다이어트의 큰 장점이라면, 바로 이 그레이프 프루트가 다량의 섬유질과 수분을 함유하고 있어 단시간 안에 포만감을 느끼게 해준다는 점이다. 단, 이 요법은 2~3일 이상 할 경우, 영양상의 불균형을 초래할 수도 있다는 점을 잊지 말자.

아침 커피나 차 한 잔과 함께 그레이프프루트 반쪽을 먹는다.

점심 달걀 2개, 양상추, 레몬이나 포도 식초를 뿌린 토마토 샐러드, 토스트 한 쪽, 그레이프프루트 반 쪽, 커피나 차 한 잔을 마신다.

저녁 생선이나 닭고기 요리, 그레이프프루트 반 쪽, 오이나 토마토와 함께 커피 또는 차 한 잔을 마신다.

소식(小食) 다이어트

아침, 점심, 그리고 저녁 식사 시간. 다이어트에 돌입한 세상의 많은 사람들에게 있어, 하루에 단 세 차례뿐인 식사 시간은 너무도 더디게 찾아오는 것처럼 느껴질 것이다. 특히, 극도로 제한된 칼로리를 섭취해야 하는 이 시기에 길고 긴 하루 동안 무언가를 계속적으로 씹거나 먹을 수만 있다면 다이어트에 성공할 확률은 오히려 훨씬 더 높아질 수가 있다.

여기 소개되는 다이어트 계획에 충실히 따르기만 한다면, 여러분 또한 하루 동안에 여섯 번의 식사를 하면서도 사흘 안에 2.5Kg의 감량 효과를 기대할 수 있을 것이다. 이 방법은 따라하기에 아주 수월하면서도 그에 따르는 고통이 아주 적다는 사실에 주목하길!

메뉴 A

아침 탈지유에 시리얼 한 컵과 함께 커피 또는 홍차 한 잔

간식 네모썰기 한 멜론 한 컵 또는 사과 한 개

점심 얇게 썬 칠면조 가슴살(또는 닭 가슴살) 120g을 얹고 그 위에
머스타드 1티스푼을 바른 현미빵, 각종 야채 샐러드, 커피
나 홍차 또는 다이어트 소다수 한 잔

간식 탈지유 한 컵, 초콜릿 칩 쿠키 한 개

저녁 구운 닭고기 또는 생선 85g, 데친 시금치 한 컵, 커피나 홍
차 또는 얼음물 한 컵

간식 저지방 요구르트 170㎖

메뉴 B

아침 딸기 1/2컵, 저지방 요구르트 170㎖, 커피 또는 홍차

간식 꼬마 당근 1/2컵, 프레첼(pretzel, 짭짤한 맛의 과자) 6개

점심 식물성 수프 한 접시, 짭짤한 크래커 4조각, 커피나 홍차
또는 다이어트 소다수

간식 사과 한 개

저녁 85g 분량의 소고기 스테이크, 얇게 저민 콩깍지 한 컵, 커피
나 홍차 또는 얼음물

간식 저지방 프로즌 요구르트 1/2컵

부 록

1. 직장에서도 스타일 있는 여성이 되자

직장 내에서의 옷차림은 남들에게 나라는 인간에 대한 어떤 즉각적인 인상을 심어 주고, 나를 그들 팀의 일원으로 여기게 만든다. 최근 들어 꽤 많은 회사들이 주말에는 캐주얼 복장을 허용하는 등, 사내에서의 옷차림에 대해 관대해지는 경향을 보이고 있지만, 나에 대한 좋은 이미지를 주거나 혹은 그 반대의 결과를 초래할 만한 몇몇 법칙들은 여전히 존재한다는 사실을 잊지 말도록 하자.

지금 실직상태에 있고, 새로운 직장을 찾고 있다면 옷차림에 신경 써라. 어찌되었건 첫인상이란 상당히 중요한 것이니까. 고용주들은 첫 이미지가 좋지 않은 지원자들의 나머지 조건이 아무리 훌륭하다 해도 이미 '물 건너간' 신세라고 여기기 때문이다.

1. 중간 톤의 정장이 가장 무난하다. 입었을 때 편안한 바지나 스커트를 선택하자. 스커트가 너무 짧거나 바지가 너무 타이트하지는 않은지도 체크하는 것을 잊지 말자.

2. 깔끔한 원피스도 좋은 선택. 만약을 대비해 그 위에 재킷을 덧입어 주는 것도 좋다. 면접 장소에 도착하면 주위를 한번 둘러보자. 전체적으로 상당히 캐주얼한 분위기라면 면접하러 들어가기 전에 재킷을 벗어 두면 된다.

3. 액세서리의 선택도 신중히 하자. 핸드백과 구두는 기본 색상으로 고르고, 이들이 서로 조화를 이루도록 신경을 쓰자.

4. 보석이 박힌 장신구는 되도록 작고 아담한 것이 좋다. 너무 큰 보석류는 정신을 산만하게 만들 수가 있다.

5. 소홀하기 쉬운 부분에도 세심한 주의를 기울이자. 손톱 손질이 안 되어 있거나, 손톱을 물어뜯은 흔적이 있는 등 보기 싫은 상황이라면 고용주가 그 모습을 좋아할 리가 없다.

6. 머리를 단정하게 보이도록 정돈해야 하는 것은 당연한 원칙. 긴 머리는 머리핀으로 정리를 한다거나 위로 틀어 올리는 것이 좋다. 곱슬머리나 부푼 머리, 또는 부스스한 머리인 경우에는 젤이나 스프레이로 깔끔하게 정리하자.

7. 자신의 메이크업을 미리 체크하자. 어떤 색들은 좀 가볍게 쓰거나 섞어 써야 한다는 사실을 명심할 것. 아이섀도, 특히 자줏빛 아이섀도는 하지 않는 편이 좋다.

직장 내에서의 옷차림

새로운 직장에서 입을 새 옷을 마련한다는 것은 정말 신나는 일이긴 하지만, 주머니 사정을 고려한다면 그리 기뻐할 만한 일은 아닌 것같다. 이런 경우 몇 가지 저렴한 기본 차림의 구입으로 포인트를 줘 보자.

바지 정장   재킷과 슬랙스 정장을 고를 때에는 블랙이나 브라운, 짙은 감색 같은 약간 보수적인 색을 선택한다.

정장용 블라우스   블라우스는 두 벌 이상 장만해 두는 것이 좋다. 흰색으로 하나, 다른 하나는 밝은 계통의 색으로 고른다.

스커트   바지 정장의 재킷과 어울릴 만한 어두운 계통의 스커트를 선택한다. 무릎 정도 오는 길이가 적당하다.

직장 내에서의 몸단장

남들이 다 보는 곳에서 화장을 고치거나 몸단장을 하는 것은 상식적으로도 금물. 사적인 것은 어디까지나 사적으로 처리하자. 그런 일을 위해서 향해야 할 곳이란 단 한 군데, 바로 화장실뿐!

직장에서의 메이크업

여기에서 가장 중점을 두어야 할 부분은 사무실 내의 조명 아래 자연스러운 모습의 연출과 더불어 하루 종일 깔끔해 보이는 메이크업의 유지에 있다.

하루를 준비하는 기초 세안은   메이크업을 하기 전, 차가운 물로 얼굴을 씻어 내자. 화장은 차가운 피부에 가장 잘 먹는 법이다. 그 다음에 얼굴을 살살 두드려 준다. 파운데이션이 골고루 잘 먹게 하기 위해서는 오일 프리 로션을 사용하자.

튼튼한 기초 화장법　오일 프리 파운데이션을 사용하자. 피부에 잘 스며드는 크림-투-파우더 파운데이션이 좋다. 이 위를 스펀지로 눌러 주면 화장이 더 잘 먹는다. 가루 파우더를 피부 위로 누르듯 두드려 주어 마무리하자.

오래가는 눈 메이크업

1. 아이브라우용 섀도로 눈썹을 그린 후, 헤어 스프레이나 젤을 뿌린 부드러운 브러시로 살살 빗어 낸다.
2. 중간 톤의 아이섀도를 사용하여 눈꺼풀을 전체적으로 칠해 준다. 이때 색이 한데 뭉치지 않도록 브러시를 이용한다.
3. 펜슬 타입 아이라이너로 아이라인을 그린 후, 먼저 바른 색과 어울리는 아이섀도로 그 위를 살짝 덧칠하며 브러시해 준다.
4. 눈썹 집게로 눈썹을 위로 올려 준 후, 방수 마스카라를 두 번 정도 덧바른다.

번지지 않는 립스틱

1. 중간 톤의 립라이너로 입술 선을 따라 그린다. 컨실러를 묻힌 브러시로 입술 바깥 선을 그려 준다. 이렇게 하면 하루 종일 립스틱이 번지거나 지저분해지는 일이 없다.
2. 립스틱은 립브러시를 이용해 바르는 습관을 들이는 것이 좋다. 립스틱을 칠한 후 입술로 티슈를 살짝 물어 찍어낸다.

2. 숙취 극복은 이렇게

지난 밤 회식에서의 술기운이 오늘 아침까지도 얼굴에 그대로 남아 있다면? 당연히 이대로 출근할 수는 없는 일이다. 그렇다면 뭐 좋은 방법이 없을까?

1. 전 날밤, 메이크업 지우는 것을 깜박한 채 그대로 잠자리에 들었다면 비누 대신 순한 메이크업 리무버를 사용한다.
2. 뾰루지 비슷한 것이 돋았더라도 절대로 짜지 말자. 피부는 여전히 붓고 민감한 상태일 테니.
3. 오일 프리 모이스처라이저를 사용하도록 한다. 혈액순환의 촉진을 위해 손가락으로 얼굴에 원을 그리듯 펴 바르며 눈 밑 주변은 피아노를 치듯이 부드럽게 두드려 준다.
4. 얼굴의 붓기를 가라앉히고 알코올 기운을 제거하기 위해 많은 양의 물을 마시도록 한다. 이는 손실된 수분을 보충하는 데에도 도움을 줄 것이다.
5. 머리를 한껏 뒤로 당겨 묶으면 눈 주변의 처지거나 부은 살을 당겨 주

는 효과를 낸다.

바람을 쐬자

할 수만 있다면 햇빛이 있는 야외로 나가 약간의 운동을 하자. 이는 산소 섭취량을 늘려 줌으로써 체내의 알코올 기운 제거를(즉, 체내의 신진대사를) 돕는다.

선글라스를 쓰자

그렇지 않아도 숙취로 고생하고 있는 사람을 약올리려는 의도는 전혀 없음을 먼저 밝혀 둔다. 눈이 다른 날보다 부어 있다는 점 말고도, 햇빛에도 더 민감하게 반응하는 것을 감안한 충고일 뿐이다.

메이크업은 이렇게

1. 밝은색 컨실러를 눈 밑과 안쪽을 향해 펴 발라 준다.
2. 눈꺼풀 위로 중간 톤이나 누드 계열 아이섀도를 쓸 듯이 칠해 준다. 자신의 벌건 눈에 사람들의 시선이 집중되는 것이 싫다면 말이다.
3. 눈썹선 부근을 밝은 색상의 섀도나 화이트 펜슬로 강조함으로써 그 주위에 남아 있는 붉은 기운에 대한 집중도를 분산시킨다.
4. 위쪽 속눈썹과 쌍꺼풀 안쪽에는 브라운 계통의 아이라이너를 사용한 뒤 면봉으로 살살 문질러 준다. 그 다음에 눈썹을 살짝 올린 후 마스카라를 너무 진하지 않은 정도로 바른다.
5. 브론징 파우더 또는 브론징 크림을 이용한다. 핑크 계열의 색상은 피하

도록 하자. 이는 지친 피부를 더욱 부각시키는 역효과를 낼 뿐이다.

6. 파우더의 사용은 되도록 피하되, 꼭 써야 한다면 진하지 않은 노란색 계열의 반투명 파우더를 골라 크고 숱이 많은 브러시로 넓게 칠해 준다.

술 마신 다음날, 가장 메이크업을 강조할 필요가 있는 부분이라면 그건 단연코 '입'이라 할 수 있다. 입술은 위의 다른 부위들처럼 전날 술자리의 참석 여부를 티내지 않는 착한 부위이다. 그러니 여기에 대담한 색깔을 칠해 다른 이들의 시선이 얼굴의 다른 부분을 살짝 스쳐지나 입술에 집중될 수 있도록 하자. 푸른빛이 약간 도는 붉은색이나 부드러운 산호색(코랄), 또는 갈색을 선택하자. 너무 매트한 립스틱은 건조해지기 쉬우므로 피하자. 대신 반짝거리는 느낌을 주도록 보습효과가 있는 립스틱으로 선택하자.

3. 여행지에서 센스 있는 미인이 되는 법

멀리 떠난다고 아름다움까지 집에다 두고 갈 필요는 없다. 자, 이제부터 최소한의 짐만 가지고도 무엇 하나 모자람 없는 여행을 즐길 수 있는 방법들을 배워가자.

두 가지를 선택하라 옷은 최대 두 가지 색깔만 선택한다. 약간 제한적이다 싶은 느낌이 들지도 모르지만, 이렇게 하면 몇 시간이 걸릴지도 모르는 짐 꾸리는 시간을 단 몇 분 정도로 단축시키는 효과를 볼 수가 있다.

신발을 챙길 때에는 신발이나 구두는 생각보다 자리를 많이 차지하니까 되도록이면 최소한의 것만 챙겨 짐을 보다 간편하게 하자. 휴양을 위해 떠나는 것이 아니라면 편한 구두와 운동화 한 켤레씩이면 충분할 것이다. 해변에 들를 계획이 있다면 샌들을 한 켤레 더 챙기자.

핵심! 리스트 우산, 수영복, 스웨터, 비옷, 레깅스, 드레스, 선글라스, 단

화, 재킷

✓ 리넨 제품(구겨짐이 심하다)
✓ 진류(무게가 너무 많이 나간다)
✓ 헤어 드라이어(민박집은 예외겠지만, 호텔에는 모두 비치되어 있으니 걱정 마
  시라)

✓ 신발은 비닐 봉지나 비닐 팩에 넣는다.
✓ 무엇이든 동그랗게 말아 넣는다.
✓ 리스트를 항상 챙겨 다니면서 수시로 체크한다.
✓ 약품을 포함하여 어떤 물건도 완제품 전체를 그대로 다 넣어갈 필요는
  없다. 필요한 만큼 덜어서 넣도록!
✓ 짐을 꾸릴 때 가방의 밑바닥 쪽에 무거운 물건을 넣도록 한다.
✓ 옷에 주름이 지는 것을 막으려면 단추나 지퍼 등을 모두 채우거나 올린
  후 짐을 싼다.
✓ 신발이나 구두 속을 벨트나 양말, 내의 등으로 채운다.
✓ 젖거나 더러운 물건들을 넣어둘 수 있도록 여분의 비닐 봉지를 준비한다.
✓ 짐을 타이트하게 꾸리도록 한다. 공간을 너무 넉넉히 두고 싼 옷들은 구
  겨지기 쉽다.
✓ 간단한 기념품들을 넣을 수 있도록 접히는 가방을 하나 준비한다.

✓ 샴푸는 머리만 감는 것이 아니라 몸을 닦는 비누로도, 또 간단한 세공품들을 닦을 때에도 쓸 수가 있다.

✓ 휴대용 물 티슈는 메이크업을 지우거나 작은 얼룩과 때를 없애는 데도 사용할 수 있을 뿐 아니라 지친 피부를 상쾌하게 해주기도 한다.

✓ 바디 로션은 샴푸 후 말린 머리 위에 가볍게 덧바르면 헤어 컨디셔너의 역할을 해준다.

4. 할리우드 유명 연예인들이 공개하는 미용 노하우

클라우디아 시퍼

키가 178cm인 이 늘씬한 모델이 처음 미국으로 건너왔을 때만 해도 그녀의 체중은 약 63Kg까지 나갔다고 한다. 그녀의 출신지 독일에서야 그 정도면 모델로서 적절한 수준이었지만 무조건 말라깽이 모델만을 선호하는 이 낯선 미국 땅에서 살아남기 위해 클라우디아는 7Kg의 체중 감량을 감수해야만 했다. 다이어트를 하던 때 그녀의 하루 식단표는 다음과 같았다.

아침 과일 주스, 건포도를 넣은 요구르트
점심 수프, 빵, 주스
저녁 중국식 또는 프랑스식 요리

클라우디아는 요즘 자신도 모르게 달콤한 쿠키 쪽으로 가는 손을 막기 위해 매일매일 자신과의 힘겨운 싸움을 하고 있다고 털어놓는다.

데이지 푸엔테스

모델 출신의 TV 토크쇼 진행자 데이지는 모델 시절에 배웠던 이 '깜짝 감량법'을 여전히 선호한다고 한다. 캐모밀 티와 물을 각각 1 *l* 씩 매일 들이키는 것이 바로 그 비법. 이 둘의 조합은 지방의 분해를 가속화시킨다고 한다.

신디 크로퍼드

신디가 파리의 세계적인 톱모델들과 어깨를 나란히 하기 시작한 것은 우유를 모이스처라이저로 사용하는 독특한 그녀만의 미용법 덕분이라고 해도 과언이 아니다. 그녀의 비법은 물과 우유를 반반씩 섞은 미용액으로 자주 씻는 것이란다. 신디는 하루에도 몇 번씩 틈만 나면 이 우유물로 열심히 세안한다.

리자 기븐즈

부러울 만치 아름다운 머릿결을 지닌 토크쇼 진행자 리자는 헤어 컨디셔닝이 필요하다고 생각되면 얼른 부엌으로 가서 달걀 하나와 요구르트 1/4컵을 섞는다고 한다. 이를 젖은 머리에 고루 바르고 타월로 머리를 감싼 후, 약 30분간 그대로 두었다가 헹구고 샴푸하는 것이 바로 그녀만의 비결!

제니퍼 로페즈

데뷔 당시만 해도 제니퍼는 지금보다 훨씬 통통(?)한 모습이었다. 현재 그녀가 자랑하는 늘씬한 곡선미는 엄격한 자기 관리를 통해 스스로를 채찍질해 온 노력의 결정체라 할 수 있다. 그런 그녀의 식단을 살짝 들여다보면, 아침 식사는 새로 뽑은 커피 한 잔과 함께 현미로 만든 팬케이크나 토스트, 점심은 달콤한 셰이크 한 잔, 그리고 저녁 식사로는 치킨이나 생선, 고기 요리와 함께 샐러드를 듬뿍 먹는다.

나오미 캠벨

아름다운 '흑진주' 나오미 캠벨은 1개월에 한 번씩 파워 필링에 의존하는 사람들 가운데 하나이다. 파워 필링이란 피부 표면을 부드럽게 문질러 줌으로써 단시간 안에 피부를 아름다운 장밋빛 톤으로 만들어 주는 시술법이다. 이는 선을 부드럽게 해주고 고운 피부 톤을 만들어 준다.

줄리아 로버츠

개인 트레이너가 따로 있기는 하지만, 줄리아는 체조 비디오 등을 통해 혼자만의 운동 시간을 자주 가지려고 노력한다. 뭐든지 쉽게 질리곤 한다는 그녀는, 일부러 여러 종류의 비디오 테이프를 구입하여 그것들을 자주 바꿔가며 운동하고 있다.

린다 카터

우리에겐 '원더 우먼'으로 더 친숙한 그녀는 아침과 저녁 식사는 든든히, 점심은 요구르트 하나로 간단히 때우는 식이요법으로 단숨에 약 4.5kg의 몸무게를 줄이는 데 성공했다고 한다.

양자경

액션스타로 유명한 이 홍콩 여배우는 매일 레몬 즙과 물로 세안을 한다.

엘리자베스 헐리

언제나 날씬한 몸매를 유지하고 있는 이 아름다운 모델만의 독특한 비법은 바로 식사 때마다 아이들 소꿉놀이용으로나 쓸 법한 크기의 미니 나이프와 포크를 사용한다는 것. 헐리는 레스토랑에 갈 때조차도 이것들만은 잊지 않고 꼭 챙겨 간다고 한다.

나이를 거꾸로 먹는 사람들

소피아 로렌(Sophia Lauren)

철저한 자기 관리의 표상이 될 만한 여배우이다. 그녀가 '절대 입에 대지 않는 것' 들을 주목해 보면 소피아는 고기를 거의 먹지 않고 항상 많은 양의 물을 마신다. 24시간 쉬지 않고 이 여배우를 쫓아다니며 감시한다 한들, 감자칩을 먹거나 담배를 피운다거나 또는 알코올이 조금이라도 든 음료를 마시는 그녀의 모습만은 절대로 구경할 수가 없을 것이다. 치즈와 과일, 신선한 야채만이 그녀의 매끼 식단을 장식하는 음식들이다.

미셸 필립스

그룹 마마스 앤 파파스의 전 멤버인 그녀는 어떠한 간식도 입에 대지 않았다고 한다. 168cm의 이 54세 여인이 54Kg의 날씬한 몸매를 유지하는 비결은 모두 신선한 과일과 채소류, 그리고 매일 적당량의 비타민 섭취에 있다고 한다.

멜라니 그리피스

체중을 줄이고자 하는 시기에는 아침마다 과일 이외에는 그 어떤 음식도 입에 대지 않는다.

찾아보기

비듬 59, 167, 168, 173,
　　231
비오틴 120
비타민 A 47, 49, 113,
　　115, 119, 120, 218,
　　222, 226, 253
비타민 B 55, 116, 117,
　　119, 120
비타민 C 43, 54, 113,
　　120, 253
비타민 E 47, 52, 57, 73,
　　98,106, 120, 168, 217,
　　222
비타민 E 오일 73, 98, 168
비타민 K 61, 122
뾰루지 55, 61, 123, 265

【ㅅ】
사과 식초 68, 112, 172,
　　253
사마귀 106
산사나무 252
살구씨 오일 47
새치 117
샌달우드 256
생 오트밀 88
샤워 42, 60, 86, 87, 90,
　　96, 99, 106
샤워 젤 99, 100
세라마이드 54

세안 36, 37, 42, 64, 129,
　　263
셀룰라이트 91, 95, 96
셰이딩 브러시 133
소독용 알코올 90, 210,
　　244, 248
소르비톨 56
손 43, 50, 60, 67, 68, 135,
　　218, 229
손톱 21, 67, 68, 69, 70,
　　71, 72, 73, 116, 119,
　　262
솔잎 89
숙면 86, 89
숙취 106, 265, 266
스웨이드 195, 242, 246,
　　247
스크럽 42
스킨 주얼리 239
스킨케어 46, 54
스테아르산 56
스틱 파운데이션
스펀지 55, 133, 137, 148,
　　159, 264
스펀지 립 브러시 133
스피어민트 94, 105, 222
습진 219
식물성 쇼트닝 42, 60, 219
식초 68, 72, 78, 87, 112,
　　164, 165, 172, 173,
　　184, 243, 244, 247,

253, 257

【ㅇ】
아로마테라피 256
아르니카 팅크 61
다마씨 오일 47, 121, 222
아몬드 오일 46, 170, 175
아보카도 오일 47
가스코빌 팔미틴산염 54
아스트린젠트 69, 137,
　　168, 172
아이라이너용 브러시 133
아이라인 141, 153, 157,
　　264
아이섀도 26, 29, 130, 132,
　　134, 139, 140, 141,
　　142, 144, 148, 153,
　　158,159, 220, 262,
　　264, 266
알로에 베라 252
알로에 베라 젤 46, 59, 78,
　　88, 168, 222
알로에 베라 토너 46
알로에 분말 252
알코올 36, 46, 48, 90,
　　101, 165, 210, 244,
　　248, 265, 266, 274
알파 히드록시산 217
알팔파 252
어더 밤 43